KB102016

임진운 판타지 장편 소설
FANTASY FRONTIER SPIRIT
조각의 주인

조각의 주인 4

임진운 판타지 장편 소설

초판 1쇄 찍은 날 § 2014년 5월 27일
초판 1쇄 펴낸 날 § 2014년 6월 3일

지은이 § 임진운
펴낸이 § 서경석

편집부장 § 권태완
편집책임 § 이효남
디자인 § 이혜정

펴낸곳 § 도서출판 청어람
등록번호 § 제387-1999-000006호
등록일자 § 1999. 5. 31
어람번호 § 제1-1863호

주소 § 경기도 부천시 원미구 부일로 483번길 40 서경B/D 3F (우) 420-822
전화 § 032-656-4452 팩스 § 032-656-4453
http://www.chungeoram.com
E-mail § chungeorambook@daum.net

ISBN 979-11-316-9053-6 04810
ISBN 979-11-5681-936-3 (세트)

조각의 주인

Master of Fragments

4

임진운 판타지 장편 소설

FANTASY FRONTIER SPIRIT

도서출판 청어람

Contents

CHAPTER
41
염탐

대지를 가르며 하늘을 향해 솟아 있는 검고 거대한 노르딘 산맥. 하얀 암석들이 총총히 박혀 달빛아래서 빛나고 있었다.

인적이라곤 찾아볼 수 없는 산맥의 가장 높은 봉우리, 현자의 탑이 그곳에 위치했다.

발로인으로부터 달린 게하드는 어느새 평지를 지나 산맥의 초입으로 들어섰다.

고작 달빛에 의지하여 산길을 달렸지만, 그의 움직임에 불편함은 전혀 없어 보였다.

봉우리에 외롭게 서 있는 검푸른색의 웅장하고 거대한 탑.

그것을 올려다본 게하드는 침입경로를 탐색했다.

"흠, 지난번에는 낮이라 정문을 통해 들어갔는데, 이번에는 해자가 올라가 있군. 어떻게 침입을 한다?"

잠시 생각하던 게하드는 눈동자를 반짝였다. 화살을 펼쳐 들고는 현자의 탑이 있는 허공을 향해 대여섯 발 쏘아올렸다.

—피잉!

밤공기를 가르며 날아간 화살은 일정한 간격을 두고 탑의 표면에 박혀 들어갔다.

—파팍!

그것을 보고 만족한 미소를 지은 게하드가 몸을 날렸다.

마도력을 끌어 올리며 거대한 바위를 디딘 그의 몸이 날 듯 솟아올랐다.

그리곤 가장 아래의 화살을 밟고선 다시 도약하여 다음 화살로 향했다.

"하앗!"

몇 번의 낮은 기합성과 함께 날렵한 몸짓을 한 게하드는 손쉽게 탑을 둘러싼 외성의 벽 위에 올라설 수 있었다.

"으음, 벽이 높은 것을 믿어서인지 경계가 삼엄하지는 않군."

게하드가 자신의 룬아머를 소환하며 투명해졌다.

"발소리를 없애줘, 애스릴."

그의 말과 동시에 발자국 소리가 작아지는가 싶더니 주변은 금세 정적에 휩싸였다.

같은 시간, 탑의 높은 곳으로부터 게하드의 움직임을 내려다보고 있는 한 쌍의 눈동자가 있었다.

붉은빛을 진하게 뿜어내는 그 눈동자는 마치 투명해진 게하드를 보기라도 하는 양 정확하게 그의 움직임을 쫓고 있었다.

두터운 문을 조심스럽게 열고 들어가자 뜨거운 열기가 화악 다가왔다.

—카앙! 카앙!

넓은 실내에는 금속 두들기는 소리가 가득 차 있었다.

곧 아침이 될 시간임에도 웃통을 벗은 건장한 남성들의 망치질 소리는 힘찼다.

"흐음, 미스릴을 가공해서 룬아머 틀을 만드는 이들이군. 하긴, 제국 전역에서 주문이 몰려드니 쉴 틈이 없겠지."

게하드는 그들 사이를 유유히 통과하여 다음 층으로 올라갔다.

일단의 마법사들이 그곳에서 휴식을 취하는 중이었고, 몇몇은 식사를 하는 중이었다.

혹시라도 탐지마법을 펼치는 일이 생긴다면 꼼짝없이 그들에게 발각되겠지만, 집이나 다름없는 현자의 탑에서 탐지 마법을 펼칠 일은 없었기에 게하드는 여유로웠다.

기둥 뒤에 몸을 숨긴 게하드는 그들의 이야기에 귀를 기울였다.

파란 로브를 걸친 마법사가 맥주잔을 내려놓으며 말했다.

"캬아! 요즘 정말 죽을 맛이군. 언제까지 이렇게 고생을 해야 하는 거지?"

맞은편에서 고기 조각을 입에 넣던 붉은 로브의 마법사가 대답했다.

"둔켈들이 계속 몰려 나오니 고쳐야 할 룬아머가 계속 나올 수밖에. 놈들을 소탕하기 전에는 이 일은 끝나지 않을걸?"

그의 말에 먼저 말을 꺼낸 마법사가 목소리를 낮추며 말했다.

"자네 그 이야기 들었나?"

"뭘?"

"몇 년 전 탑을 떠난 마법사들."

"아아! 3명의 마스터와 수련을 간 떠돌이 마법사들 말인가?"

그의 이야기를 듣던 파란 로브의 마법사가 코웃음을 쳤다.

"수련? 그들은 수련을 떠난 것이 아니라는 이야기가 있더군."

"으음? 그러면?"

잠시 주변을 두리번거리던 마법사는 귓속말로 소근거렸다.

"그들이 소환술사가 되어 요즘 출몰하는 둔켈들을 소환하고 있다는 이야기가 있다고!"

붉은 로브의 마법사 눈이 휘둥그렇게 떠졌다.

"뭐야?! 그게 말이 되나?"

"나 참, 생각해 보게. 둔켈들이 나타나면서 가장 이득을 보고 있는 곳이 어디인지. 누가 보더라도 우리 현자의 탑이 아닌가?"

"그렇게 생각하니 일리가 있는 것 같기도 하고……."

그들이 떠들고 있을 때, 어디선가 바람이 불어왔다. 로브의 끝자락이 격렬하게 떨리더니 그들의 앞에 키 작은 마법사가 모습을 드러냈다.

—휘잉!

그의 얼굴을 확인한 두 마법사는 술을 마셨음에도 순식간에 안색이 창백해졌다.

"마, 마스터 쿨린!"

쿨린은 문신이 새겨진 자신의 대머리를 매만지며 차가운 얼굴을 했다.

"저런, 저런. 잠시만 눈을 돌리면 헛짓을 하는 놈들이 생기는군."

벌벌 떨고 있는 파란 로브의 마법사에게 시선을 떼지 않은 쿨린은 붉은 로브의 마법사를 향해 물었다.

"너희 둘이 같은 조인가?"

"예, 그, 그렇습니다."

"둘 중 누가 선임인가?"

"제, 제가 선임입니다만……."

"그렇다면 후임 관리를 잘 했었어야지. 앞으로 자네에게 할당될 일이 많아질게야."

쿨린은 팔을 덮고 있던 로브를 치우며 손을 들어 올렸다.

얼굴에 새겨진 문신이 옅게 빛나더니 그의 손으로부터 초록의 연기가 뿜어져 나왔다.

—스으윽!

그의 손은 푸른 로브의 마법사를 향해 뻗어졌다.

"끄아아악!"

초록 연기가 닿자 마법사의 얼굴이 지글지글 끓으며 타들어갔다.

새어 나오던 비명도 잠시였다. 볼의 피부가 사라지고 얼굴뼈가 드러나자 비명조차 지를 수 없었다.

—치이이익!

그는 자리에 푸른 로브만을 남긴 채 사라져 버렸다.

붉은 로브의 마법사는 다리가 후들거릴 정도로 떨고 있

었다.

쿨린은 몸을 돌리며 나직이 말했다.

"오늘 나눴던 이야기는 모두 잊어라. 만에 하나라도 내 귀에 다시 그 이야기가 들린다면 저 놈과 같이 사라질 것이다."

"네, 네……. 알겠습니다. 마스터 쿨린."

쿨린은 아무 일도 없었다는 듯 그 방을 나섰다.

홀로남은 붉은 로브의 마법사는 바닥에 떨어진 파란 로브를 매만지며 동료가 녹아 사라졌음을 실감하고 있었다.

그 모습을 보고 있던 게하드가 침음성을 삼켰다.

"저 남자가 현자의 탑 4명의 마스터 중 한 명이라는 쿨린이로군. 그보다 시동어도 없이 공격마법을 사용하는 것을 보니 몸에 새긴 문신이 그 역할을 하는가 보군. 조심해야겠어."

그렇게 혼잣말을 중얼거린 게하드는 다음 층으로 움직였다.

마법진 안착실과 마법사들의 숙소, 휴식처, 강당을 지나고 고위 마법사들의 연구실들이 모여 있는 구역에 닿았다.

직책이 높은 마법사들이 모여 있는 곳이어서인지 다른 곳과는 다르게 조용했다.

치열하게 진행되는 룬아머 제작 작업이 이들과는 전혀 상관없는 일처럼 보일 정도였다.

게하드의 직감은 그곳을 빠르게 지나치도록 만들었다.

다음 층으로 접어들자 지금과는 다른 분위기였다. 본 건물 사이에 우뚝 솟은 탑의 영역이었다.

복도의 끝에 닿자 상하층을 연결하는 나선형의 계단이 나왔다.

계단은 바닥을 알 수 없는 지하로부터 올라와 저 높은 탑의 끝까지 이어져 있었다.

"이제 뭔가 나올 만한 장소인가?"

높은 곳의 계단을 올려다본 게하드는 마도력을 끌어 올려 그곳으로 뛰어올랐다.

투명한 게하드의 몸이 허공으로 날아오르더니 가볍게 윗층의 계단에 착지했다.

거리 감각을 익힌 게하드는 계단을 좌우로 뛰어넘으며 탑을 빠른 속도로 오르기 시작했다.

—팟! 팟!

계단의 중간, 중간에 방문들이 있었지만, 게하드는 전혀 신경 쓰지 않았다.

몸을 날리던 게하드는 얼마 지나지 않아 탑의 꼭대기에 도착했다.

그곳에는 지금까지 봐왔던 문들보다 더 화려하고 큰 문이 닫혀 있었다.

"이곳이로군."

문 앞으로 가까이 다가간 게하드가 귀를 가까이 대며 에스릴에게 물었다.

'에스릴, 문 뒤에 몇 명이 있지?'

그가 물음을 던질 때, 에스릴이 다급하게 대답했다.

'두 명이에요! 그중 한 명이 지금……!'

—콰아아앙!

그녀의 말이 끝나기도 전에 굉음이 들리더니 문짝이 뜯기며 날아왔다.

"으윽!"

게하드가 문의 잔해를 피하기 위해 뒤로 공중제비를 돌았고, 천장을 디딘 그는 화살 하나를 꺼내어 천장에 박아 넣더니 그것을 잡고 거꾸로 매달렸다.

게하드는 급히 눈을 돌려 부서진 문 쪽을 바라보았다.

—저벅, 저벅.

금속음이 섞인 발자국 소리가 들려왔다. 게하드는 천장에 매달린 채 조용히 상황을 주시했다.

틀만 남은 문으로부터 검은색의 룬아머를 걸친 남성이 걸어 나왔다.

투구를 벗은 채 금발을 늘어뜨린 얼굴을 본 게하드는 놀라움에 눈이 부릅떠졌다.

'슈반스!'

너무나 놀라 자칫 잘못했다면 그의 이름을 입 밖으로 내뱉을 뻔했다.

하지만 애써 자신의 기척을 숨긴 게하드가 숨조차 내뱉지 못하고 조심하고 있을 때, 슈반스의 얼굴이 들어 올려져 천장을 바라보았다.

붉은 기운이 도는 슈반스의 눈동자가 정확히 게하드를 바라보고 있었다.

'내가 보이는 것인가? 마나의 흐름까지 완벽하게 차단했을 텐데!'

그의 의심을 확인시키기라도 하듯 슈반스의 손에서 날카로운 소리를 내며 장창이 뻗어 나왔다.

—차앙!

창날의 끝으로 아지랑이처럼 마도력이 흘러나오는 것을 본 게하드의 표정이 대변했다.

'위험하다!'

그 찰나, 슈반스의 창으로부터 마도력이 발출되어 게하드에게 날아갔다.

'크윽! 이 정도의 마도력을 손쉽게 발출하다니! 장난이 아니로군!'

게하드는 본능적으로 잡고 있던 화살을 놓으며 반대쪽 계단으로 뛰어내렸다.

—콰아앙!

게하드가 붙어 있던 천장의 벽돌이 산산이 부서져 내렸다.

슈반스는 이번에도 정확히 게하드의 움직임을 확인하곤 재차 마도력을 쏟아냈다.

—파아악!

게하드는 자신을 향해 날아오는 공격을 피하기 위해 쉬지 않고 달렸고, 그가 서 있던 계단이 쉽게 깨져 나가며 움푹 파이고 있었다.

—콰앙!

빠르게 움직이며 슈반스의 공격을 피하던 게하드가 잠시 틈이 나는 것을 느끼며 고개를 돌렸다. 그러자 빠른 속도로 몸을 날리는 슈반스를 발견했다.

투구를 소환한 그는 새하얀 창을 내뻗으며 게하드를 찔러 왔다.

다급했던 게하드는 등에 걸려 있던 활을 휘둘렀다.

—치직!

마도력과 마도력이 부딪히며 밝은 빛을 터뜨렸다.

자연스럽게 이어지는 슈반스의 공격을 막기 위해 게하드의 활이 정신없이 움직였다.

—카앙! 치익!

점차 마도력에서 밀리자 투명화를 풀어 모습을 드러낸 게하드가 다급하게 외쳤다.

"슈반스! 정신차려! 나 게하드일세!"

하지만 슈반스는 아무런 거리낌 없이 그의 목을 노리고 창을 찔러 넣었다.

게하드의 몸이 뒤로 젖혀지며 한 바퀴 돌았고, 그가 서 있던 자리를 다시금 창이 파고들었다.

"젠장!"

몸을 바로잡으며 균형을 유지하려고 할 때, 슈반스가 빠르게 다가와 어깨로 게하드의 가슴에 강하게 부딪혔다.

—콰앙!

게하드의 브레스트 플레이트가 찌그러지며 가슴으로 충격이 그대로 전해졌다.

"크윽!"

호흡이 제대로 되지 않을 만큼 거대한 충격이었지만, 이대로 슈반스의 창에 목이 꿰뚫릴 수는 없었다.

"컥 동료의 손에 죽는 얼간이는 되기 싫다고!"

오히려 뒤로 밀리는 속도에 힘을 더하며 물러선 게하드는 화살을 재빨리 꺼내어 슈반스를 향해 시위를 당겼다.

"한 번씩 주고받는 거야, 슈반스!"

그의 어깨를 노리며 시위를 놓자 날카로운 미스릴 촉의 화살이 바람을 가르며 날아갔다.

—피융!

불과 3멜리 남짓의 가까운 거리였기에 빠른 화살을 피하기 어려워 보였다.

하지만 슈반스의 장창이 빠른 속도로 휘둘러지며 정확히 화살을 쳐내었다.

—파직!

화살이 방향을 바꾸어 벽에 박히는 것을 본 게하드는 이빨을 꽉 깨물며 연달아 화살을 쏘아냈다.

—피융! 피융!

그럴 때마다 슈반스의 창은 가장 효율적으로 움직여 화살의 방향을 바꾸었다.

마지막 화살이 게하드의 손끝에 걸렸다. 게하드는 시위를 당기며 외쳤다.

“질렌! 라이트닝(Lightning)를 터뜨려!”

그의 외침과 동시에 눈앞에 엄청난 밝기의 하얀 불빛이 터졌다.

—파앗!

순간적으로 슈반스가 팔로 눈을 가렸고, 그 틈을 맞춰 게하드의 화살이 시위를 떠났다.

—피융!

시력을 빼앗긴 슈반스를 향해 마도력이 둘러진 화살이 맹렬하게 날아갔다.

그리고 슈반스의 허벅지를 룬아머 통째로 꿰뚫었다.

—푹!

슈반스가 주춤하는 틈을 노려 자리를 떠나려는 게하드의 생각이었다.

하지만 그의 계산은 빗나갔다.

관통된 슈반스의 허벅지가 그대로 아물기 시작했고, 룬아머 역시 살아 있는 생명체처럼 꿈틀거리며 원상복귀된 것이다.

"마, 말도 안 돼! 상처가 회복되다니! 저것은 룬아머가 아니란 말인가!"

경악성을 터뜨리고 있을 때, 슈반스의 창끝에 둥근 빛이 맺히기 시작했다.

—우우웅!

그것을 본 게하드의 안색이 새하얗게 변했다.

"마도환(魔道丸)이라니! 정말 장난이 아니로군, 슈반스!"

게하드는 서둘러 몸을 날렸다.

그와 동시에 슈반스가 만들어낸 마도환이 날아와 그가 서 있던 자리에 닿았다.

—콰아아앙!

탑 전체가 진동할 만큼의 강력한 파괴력. 게하드의 반응속도로도 마도환을 완벽히 피하지 못한 듯했다.

충격으로 인해 게하드의 몸이 풀풀 날아 벽에 부딪혔고, 정신을 잃은 채 탑의 중심으로 떨어졌다.

슈반스가 묵묵히 그를 쫓아 움직이려 할 때, 등 뒤에서 노인의 목소리가 들려왔다.

"멈추어라 슈반스, 아직은 탑 안에서 그런 모습으로 돌아다니면 곤란하니까."

마법사의 로브를 걸친 브로이덴. 그의 말에 슈반스는 움직임을 멈추었다.

깊고 어두운 탑의 중심부를 내려다보던 브로이덴이 중얼거렸다.

"이 높이에서 정신을 잃은 채로 룬아머를 입고서 떨어진다면 살아남기 힘들겠지. 쿨린을 내려 보내 놈의 시신을 회수하도록 하마. 흐음, 그보다 우리를 의심하는 녀석들이 생겨나는게 마음에 걸리는군. 훗! 그래 봐야 별 달라질 것은 없겠지만."

몸을 돌려 부서져 나간 문을 훑어보던 브로이덴이 고개를 가로저었다.

"쯔즛, 힘이 너무 남아도는 모양이구나."

그렇게 이야기한 브로이덴이 자신의 방으로 들어가자 슈반스 역시 그의 뒤를 뒤따르고 있었다.

정신을 잃은 게하드의 몸이 탑의 아래로 추락하는 중이었다.

그의 머리카락 사이에서 푸른빛의 입자들이 새어 나오며 몸을 감쌌다.

—스읍!

그의 몸이 매서운 바람에 휩싸이며 점차 떨어지는 속도가 줄었다.

귓가에 에스릴의 다급한 목소리가 들려왔다.

"주인님! 주인님! 정신을 차리세요!"

불러도 의식이 없자 바람의 정령 에스릴은 스스로 게하드의 마도력을 이용하여 그의 몸을 공중에 띄웠다.

"질렌, 당신도 뭔가를 해보세요!"

"으음… 내, 내가 할 수 있는 게 뭐가 있나?"

"다시 적이 올 테니 눈이라도 속이라고요!"

"아, 알겠어, 에스릴."

질렌이 더듬거리며 대답하자 슈반스의 몸이 투명해졌다.

"주인님의 정신이 돌아올 때까지 우리가 사용할 수 있는 마도력이 얼마 안 되니 서둘러 이곳에서 빠져나가야 해요."

"내, 내가 등불의 빛을 빼앗을 테니 에스릴은 주인님을 잘 모셔."

"처음으로 스스로 행동하는군요."

"……."

질렌은 아무 말도 못했고, 에스릴은 강한 바람으로 게하드의 몸을 움직였다.

공기의 흐름을 좇아 손쉽게 출구를 찾아갔다.

브로이덴의 명을 받은 쿨린이 탑의 가장 하층부에 도착해 있었다.

습하고 퀘퀘한 향이 콧속으로 빨려들었다.

두 줄기의 달빛이 탑을 통과하여 내리쬐어 그의 얼굴을 비추었다.

번득이는 눈동자로 주변을 둘러보던 쿨린이 볼을 씰룩거렸다.

"로드께서 분명 룬아머러 한 명이 떨어졌을 것이라 말씀하셨는데 추락 흔적이 없다니… 누군가 탈출시킨 것인가?"

이내 고개를 내저었다.

"아니, 현자의 탑에서 외부인을 도울 자는 없다."

로브를 걷어올리자 팔꿈치에서 손목까지 그려진 마법진이 빛을 냈다.

"Gerak de skane du!"

그의 눈동자에 푸른빛이 일렁거렸다. 그렇게 한동안 감지 마법을 펼쳐 보았지만, 이미 그의 감지 영역을 벗어난 듯했다.

"흐음, 알 수가 없군. 어쨌든 로드께 보고를 드려야겠어."

로브가 휘감기며 그의 모습이 흩어지고 있었다.

정신을 잃은 게하드의 몸이 허공에 미끄러지듯 움직이는 중이었다.

에스릴과 질렌의 도움으로 현자의 탑을 무사히 빠져나와 노르딘산 초입의 수림지대에 도착한 것이었고, 무엇인가를 찾는 듯 일정 지역을 쉬지 않고 떠돌아 다녔다.

—우우웅!

그러던 중 게하드의 몸이 거대한 나무 앞에서 멈추었다.

에스릴의 목소리가 흘러나왔다.

"이 나무가 맞나요?"

잠시 뜸을 들이던 질렌의 느적거리는 대답소리가 들렸다.

"음, 맞는 것 같아. 하, 하지만 마음대로 '리베르겐의 문'을 우리 마음대로 사용해도 될까?"

"지금은 응급상황이라고요! 지금 게하드 님을 보살펴 줄 곳은 엘라시아밖에 없으니 어쩔 수 없잖아요."

질렌은 여전히 꾸물거렸다. 에스릴이 신경질적인 목소리로 외쳤다.

"뭘 그렇게 생각하는 거예요! 난 게하드 님을 부축하느라 문을 열 수 없으니 질렌이 문을 열어요! 곧 게하드 님의 마도력이 바닥나면 여기서 움직이지도 못한다고요!"

"아, 알았어, 에스릴."

축 늘어진 게하드의 은색 머리카락에서 알갱이 형태의 흰 빛이 흘러나왔다.

그것들은 거대한 나무에 다가가 뭉쳐지더니 주먹만 한 빛 덩어리를 만들어냈다.

—우우웅!

나직한 떨림. 그러자 거대한 나무는 살아 있는 생명체처럼 움직이기 시작했는데, 땅에 박혀 있던 뿌리들이 땅 위로 솟아 오르며 거대한 문의 형태가 되었다.

—쩌저저적!

사람 하나가 걸어서 들어갈 수 있는 크기의 문이 되었다. 안으로부터 하얀빛이 은은하게 뿜어져 나오는 중이었다.

"자 이제 엘라시아로 돌아가도록 하죠."

게하드의 몸이 미끄러지며 나무 아래에 마련된 문으로 들어섰다.

그리고 그의 몸이 완전히 문을 통과하자 나무의 뿌리는 다시금 땅에 박히며 원래의 모습으로 돌아왔다.

이것이 바로 요정족의 도시, 엘라시아와 통하는 비상문인 리베르겐의 문이었다.

CHAPTER
42

마스터 글라쉬

Master of Fragments

키 높은 나무들과 넓은 나뭇잎들에 의해 그림자가 어둡게 내려앉은 숲 속, 검은 후드로브를 걸친 두 명의 인물이 그루터기에 앉아 마주 보고 있었다.

그들 중 차가운 여성의 목소리가 차분히 가라앉아 있던 정적을 깨뜨렸다.

"마스터 굴라쉬, 언제까지 이런 변두리 숲에서 지내야 하는 것이죠? 벌써 몇 년째인지 기억도 나지 않는다고요."

굴라쉬라고 불린 남성이 얼굴을 덮고 있던 후드를 슬쩍 들어 올렸다.

대륙의 인간족들과는 다르게 검은 피부를 가진 30대의 인물. 그는 낮게 깔리는 중저음의 목소리로 대답했다.

"로드의 뜻을 나는 알 수는 없다. 난 그분의 계획을 실행할 뿐. 다음 명령이 내려올 때까지 기다리는 것이 내가 할 일이다."

짧게 대답한 굴라쉬는 손에 들고 있던 도마뱀의 생고기를 한입 베어 물었다.

검은 피부와 대조되는 하얀 이빨을 드러내며 질겅질겅 씹던 그는 맞은편의 여성에게 도마뱀 조각을 내밀며 물었다.

"들겠나? 라오."

라오라는 이름의 여성은 답답하다는 듯 후드를 벗었다.

동그란 계란형의 얼굴에 검은 머리카락을 한쪽으로 땋은 모습이 드러났다.

그녀는 짜증이 묻어나는 목소리로 대답했다.

"우리 '괄란제국' 의 사람들은 음식을 그렇게 미개하게 먹지 않는다고요."

"도마뱀이 싫은 건가?"

"도마뱀을 먹는다고 뭐라고 하는 게 아니에요! 요리를 해서 드실 생각은 없는 건가요? 말씀을 하신다면 얼마든지……."

굴라쉬가 손을 들어 올려 그녀의 말을 막았다.

"비밀리에 움직이는 중이라는 사실을 까맣게 잊은 모양이군. 불을 피워 냄새를 풀풀 풍기자는 건가?"

"그건……."

라오가 아무런 대답을 하지 못함으로 다시금 정적이 흐르고 있었다.

굴라쉬가 천천히 도마뱀을 탐닉하다 말고 움직임을 멈추었다.

그는 허공을 올려다보았다. 어디선가 바람이 불어왔다.

—휘이잉!

깊은 숲의 한가운데에서 돌풍이 분다는 것은 자연스럽지 않았다.

바닥에 깔려 있던 나뭇잎이 휘날리는 모습을 보며 확신한 굴라쉬가 누군가를 향해 말했다.

"오랜만이군, 땅딸보."

어디선가 칼칼한 대답소리가 들려왔다.

"아직 살아 있군, 깜둥이."

"네 녀석보다는 오래 살 테니 걱정하지 말거라."

인사를 툭툭 던지고 있는 동안 바닥에서 뒹굴던 나뭇잎이 뭉쳐지더니 키 작은 사람의 형상이 되었다.

현자의 탑 4명의 마스터 중 한 명인 쿨린이었다.

로브의 먼지를 툴툴 털어낸 그는 비아냥거리는 얼굴로 라오를 바라보았다.

"상관이 왔는데 인사도 하지 않는 건가, 라오?"

노골적으로 불편한 심기를 드러내던 라오는 어쩔 수 없다는 듯 고개를 까딱거렸다.

"안녕하세요, 마스터 쿨린."

쿨린은 만족스럽지 않은 듯 얼굴이 일그러졌다.

"재수 없는 잡종년!"

쿨린의 모멸적인 외침에 라오의 얼굴이 딱딱하게 굳었다.

이빨을 꽉 깨물며 몸을 일으키려는 그녀를 굴라쉬가 손을 들어 말렸다.

"그만."

라오는 분을 삭히며 굴라쉬의 명령을 받아들였다.

고개를 끄덕인 굴라쉬가 쿨린을 향해 물었다.

"그래, 로드의 명령을 가지고 왔나?"

쿨린이 뒷짐을 지며 말했다.

"두 번째 계획을 시작하라 말씀하셨네."

굴라쉬의 하얀 눈동자가 반짝였다.

"생각보다 이르군."

"황실의 내부자 덕분에 처음 예상보다 빨리 돌아가게 되었지."

쿨린이 말한 두 번째 계획을 생각하며 굴라쉬의 두 눈이 감졌다.

"알겠다."

굴라쉬의 손에 들려 있는 도마뱀 조각을 힐끔 본 쿨린이 혀를 찼다.

"그 이상한 식성 좀 고칠 생각 없나? 볼 때마다 역겹군."

"쓸데없는 참견."

"흥! 마음대로 하라고. 그런 것을 먹고 살든가 뒈지든가!"

"이대로 현자의 탑으로 돌아갈 것인가?"

그의 물음에 쿨린이 주변을 둘러보았다.

"여기까지 왔는데 그냥 돌아가기는 아깝지. 주변이나 한번 둘러볼 참일세."

"별일이군. 땅딸보가 그런 여유를 부릴 줄도 알고 말이야. 혹시 다른 임무라도 있는 건 아니고?"

쿨린의 눈빛이 순간 빛났다. 금세 본래대로 돌아온 쿨린이 고개를 저었다.

"다른 임무는 무슨."

"……."

묵묵히 앉아 있는 굴라쉬를 향해 미묘한 미소를 지은 쿨린은 다시 나뭇잎이 되어 흩어졌다.

—휘이이잉!

라오가 굴라쉬의 표정을 살폈다.

두 눈을 감고 있는 그. 피부가 검은색이었기에 무뚝뚝해 보이는 굴라쉬였지만, 상당히 감정적인 사람이라는 사실을 잘 알고 있었다.

"마스터 쿨린은 볼 때마다 기분이 나쁘다고요. 현자의 탑에서도 잔혹하기로 유명하니까요."

"다들 각자 자신이 해야만 하는 일을 하는 것이지."

"뭐, 그렇긴 하지만요. 그런데 이제 무엇을 해야 하는 거죠? 아까 마스터 쿨린이 말한 두 번째 계획이 뭐길래."

감겨 있던 굴라쉬의 눈이 떠졌다.

"다섯 개 조의 마법사들에게 전달하라. 앞으로 루미트 침공은 중단, 각 200마리씩 총 1,000마리의 둔켈을 소환하여 숲에 주둔시킨다."

"1,000마리나요? 그런 놈들이 숲에서 어슬렁거렸다가는 우리 모두 둔켈에게 죽어나가게 될 거라고요!"

굴라쉬는 목에 걸고 있던 붉고, 푸른 두 개의 펜던트 중 푸른색을 보여주었다.

"이것은 로드께 하사받은 '루데인의 요람'. 둔켈을 잠재울 수 있는 힘을 가진 펜던트이다. 둔켈들이 소환되면 뒤는 내가 알아서 할 테니 걱정하지 말게."

"네, 마스터 굴라쉬."

라오는 찝찝한 표정이었지만, 그의 명령을 받아들일 수

밖에 없었다. 그녀는 로브로 몸을 감싸며 숲 속으로 사라졌다.

그녀가 사라진 것을 확인한 굴라쉬가 허공을 올려다보며 나직하게 한숨을 내쉬었다.

"후우, 쿨린. 대체 로드로부터 무슨 명령을 받은 것인가? 점점 로드와 쿨린 사이에 무슨 이야기가 오고가는지 알 수 없어지는구나."

삼십여 년 전, 마법의 극의를 찾기 위해 떠난 새벽의 땅으로의 여정. 몇 년이 지나 쿨린이라는 자와 함께 돌아온 브로이덴은 많은 것이 변해 있었다.

굴라쉬는 그런 과거의 기억을 떠올리며 깊은 생각에 잠기고 있었다.

* * *

이른 아침의 안개가 짙게 펼쳐진 숲. 어두운 색의 로브를 걸친 10여 명의 마법사들이 숲 속을 움직이고 있었다.

숲 한복판에 제법 넓게 만들어진 공터에 도착한 그들은 먼저 있던 두 명의 마법사들과 눈인사를 하였다.

"소환결계 수정은 다 되었나?"

"이제 막 끝내던 참일세. 어제 밤부터 소환결계를 수정한다고 엄청 애를 먹었어. 갑자기 둔켈 200마리를 소환을 하라니 이게 무슨 일인가? 그놈들이 이 숲 속을 어슬렁거린다는 생각만 해도 섬뜩하군."

"그런 것보다 대체 탑에서는 무슨 생각으로 그 많은 수의 둔켈들을 소환하라고 하는 것인지가 더 궁금하군. 이건 헤일런 연방왕국에 엄청난 반역이나 다름없으니 말이야."

근처에서 그의 이야기를 듣고 있던 다른 마법사가 피식 웃었다.

"한 마리든, 수백 마리든 간에 일단 둔켈을 소환해서 풀어놓는 것 자체가 이미 반역 행위를 저지르고 있는 걸세. 그리고 우리 같은 떠돌이 마법사들이 언제부터 헤일런을 걱정했다고 그런 소리를 하는 건가?"

"그건 맞는 말이야……."

"룬아머를 제작하기 전까지만 하더라도 황실의 눈엣가시 같은 존재였던 마법사들 아닌가? 우린 잠자코 탑에 잘 보여서 하루 빨리 정식 마법사가 되는 게 최고지!"

그의 말에 수긍하는 듯 고개를 끄덕였다.

"하긴, 위에서도 다 생각이 있는 것이겠지. 이번 일만 마치면 탑의 정식 마법사로 격상시켜 준다니 더 이상 생각할 것도 없지!"

각자 자신의 일을 하던 마법사들 역시 둘의 대화를 들으며 공감하는 중이었다.

얼마의 시간이 지나지 않아 소환결계 가동을 맡은 소환술사 중 반수가 소환결계 주변으로 모여들었다.

서로의 눈을 마주 보며 신호를 한 그들은 각자의 자리에서 소환결계를 향해 손을 모으며 마도력을 밀어 넣기 시작했다.

―우우우웅!

바닥에 새겨진 소환결계를 따라 푸른빛이 타고 흘렀다.

소환술사의 역량에 따라 조금씩 차이는 있었지만, 6명에서 7명의 소환술사들이 모든 마도력을 쏟아부어야 시동이 되는 대형결계.

200마리의 둔켈을 한꺼번에 소환해야만 하는 만큼 결계의 지속 시간을 늘리기 위해 10여 명의 소환술사들이 동원되어 교대로 마도력을 충전하는 중이었다.

소환결계에 마도력을 충진하기 시작한지 이틀이라는 시간이 지났다.

마도력이 고갈되기 시작한 마법사들의 얼굴은 핏기를 잃은 지 오래였다.

그들의 얼굴이 고통으로 일그러지자 뒤에서 대기 중이었던 소환술사들이 다시 이어받아 마도력 충진을 계속해 나갔다.

언제부터인가 라오가 소환결계를 살펴보는 중이었다.

반나절쯤 더 지나 소환술사들이 한 번 더 교대를 하자 불안정하게 흔들리던 소환결계의 푸른빛이 일정하게 빛났다.

"이쪽이 가장 빠르게 마법진을 활성화시켰군."

그렇게 중얼거리던 라오가 마법사와 소환술사들에게 외쳤다.

"다들 차단결계 속으로 피하도록. 내가 소환결계를 시동시키겠다."

몇 명의 소환술사들이 거친 숨을 몰아쉬며 그 자리에 쓰러졌다.

주변의 동료들은 그들을 끌어내어 숲 속으로 피신했다.

라오는 소환결계로 다가갔다.

로브를 펼치자 하얀 손이 드러났다.

소환결계의 시동룬에 손을 가져다 댄 그녀는 나직하게 시동어를 읊었다.

"Enta gue Storadin."

소환결계로부터 맹렬한 바람이 뿜어지며 푸른빛이 더욱 강렬해졌다.

—우웅!

결계의 중심부의 허공이 일그러지기 시작하며 밤하늘처럼

어두운 차원의 문이 열렸다.

차원의 문에서 반짝이는 붉은 눈동자들. 그것들은 차원의 문을 통해 어슬렁거리며 나오기 시작했다.

—크아아아앙!

둔켈들의 울음소리가 정체되어 있던 숲 속의 공기를 타고 널리 퍼졌다.

둔켈들이 소환되기 시작한 것을 확인한 라오는 재빠른 몸놀림으로 그곳을 빠져나와 마법사들이 피신한 차단결계 속으로 들어갔다.

"성공적으로 작동되고 있군."

돔형태의 노란빛 장막이 반경 5멜리 크기로 펼쳐져 있었다.

그 중심에 늙은 마법사가 마법진이 새겨진 지팡이를 들고 있었다.

둔켈들의 이목으로부터 마법사들이 몸을 숨기기 위해 만든 차단결계였는데, 그 원리는 아주 간단하여 내부의 냄새와 소리, 열기가 외부로 새어 나가지 않게 막은 것이었다.

어찌 생각해 보면 무시무시한 둔켈들을 눈앞에 두고 허술하기 짝이 없는 결계 하나에 목숨을 맡기고 있는 것이나 다름없었다.

—꿀꺽!

라오와 마법사들은 차원의 문을 통해 줄지어 나오고 있는 둔켈들을 바라보며 마른침을 삼켰다.

비교적 소형의 클레이급과 마이덴급은 물론이고 웬만해선 구경조차 하기 힘든 엑스터급의 대형 둔켈들도 간간히 보였다.

그 위압감에 밀려 마법사들이 동요하기 시작했다.

"무, 무시무시하군. 이렇게 많은 둔켈은 난생처음이야."

"그러게. 오금이 절이기 시작하는 걸? 이 차단결계 밖으로 나가면 순식간에 덤벼들겠지?"

"에이, 행여라도 그런 끔찍한 소리는 하지 말게나. 생각하기도 싫으니."

당연히 차단결계로 인해 외부로 대화 소리가 새어 나갈 리 없었음에도 그들의 목소리는 한껏 낮아져 있었다.

차원의 문을 나와서 주변을 두리번거리는 둔켈들. 붉은 눈동자를 번득거리며 서로를 향해 섬뜩한 소리를 내고 있었다.

"캬아아앙! 캬앙!"

다행스럽게도 둔켈들은 차단결계의 존재를 눈치채지 못하는 듯했다.

라오가 등 뒤의 소환사들에게 말했다.

"둔켈들이 숲 속으로 흩어지면 이대로 안전지대까지 후퇴

한다. 차단결계를 유지할 마도력은 여유가 있나?"

그녀의 말에 지팡이를 들고 있던 늙은 마법사가 고개만 끄덕였다.

CHAPTER
43
밀명

얼마 후, 차원문이 닫히자 둔켈 소환이 중단되었다.

소환결계에서 내뿜던 빛이 소멸했다.

주변을 어슬렁거리던 둔켈들은 각자의 본능에 이끌려 숲 속 어디론가 흩어졌고, 그 자리에는 차단결계에 몸을 숨긴 라오와 소환술사들만이 남았다.

라오가 수신호를 하며 말했다.

"자, 이제 이동한다. 다들 차단결계 밖으로 몸이 나가지 않게 조심히 움직이도록!"

차단결계 밖으로 나간다는 것이 어떤 결과를 초래하는지

에 대해 너무도 잘 알았기에 잘 훈련받은 병사처럼 일사분란하게 움직였다.

그들이 얼마 움직이지 않았을 때, 저 멀리서부터 낙엽이 몰려오고 있었다.

—좌라라락!

익숙한 광경에 라오가 불안감을 드러냈다.

"저건, 마스터 쿨린? 갑자기 왜 이런 곳에……."

그녀의 예상대로 나뭇잎이 뭉쳐지더니 짤막한 키의 쿨린으로 화했다.

그는 기분 나쁜 웃음을 지으며 라오와 소환술사들을 향해 걸어왔다.

"다들 수고가 많았군."

그 자리에 있던 소환사들 역시 그의 모습을 보고 누구인지 잠작하는 듯했다.

"마스터 쿨린인 듯하군. 헌데 저분이 이런 장소에 왜 계시는 것이지? 분명 이곳의 책임자는 마스터 굴라쉬이신데."

또, 그들 중 누군가 의문을 던졌다.

"응? 마스터 쿨린은 차단결계 밖에 계시더라도 둔켈들이 냄새를 맡지 못하는 건가?"

"정말 그렇군. 역시 고위 마법사는 달라도 뭔가 다른걸?"

주변에서 감탄의 이야기가 오고갈 때 라오의 얼굴에는 큰 의문이 담겨 있었다.

'고위 마법사? 그런 것과는 상관없단 말이다. 멍청이들! 대체 왜 둔켈들이 쿨린에게 반응하지 않는 것이지? 둔켈들이 이미 이곳으로 몰려들어도 이상할 것이 없는데…….'

그녀가 생각에 잠겨 있을 때, 쿨린이 라오를 발견하고는 씨익 웃었다.

"건방짐과는 다르게 일은 잘하나 보군, 라오."

생각이 길어질 수 없었다. 쿨린이 이곳에 나타난 저의를 파악하는 것이 더 중요했던 것이다.

"마스터 쿨린. 이곳에는 갑자기 무슨 일이십니까?"

"무슨 일이긴? 내가 할 일을 하러 왔을 뿐이지."

"일이라니요? 그것이 무슨?"

라오의 물음에 쿨린의 얼굴이 차갑게 변하며 대답했다.

"비밀이 새어 나가지 않게끔 뒤처리를 하는 것이 내 임무이지."

"그건 무슨 말씀이시죠? 설마!"

라오를 제외하곤 그 대화가 무슨 의미를 내포하고 있는지 아무도 알지 못했다.

쿨린이 잘 들으라는 듯 노골적으로 말했다.

"원하는 것을 모두 얻었으니 이제 쓸모없어진 개들은 잡아먹어야지. 주인에게 해가 되기 전에 말이야. 그동안의 수고에 고마움을 표하는 바일세."

그렇게 말한 쿨린은 나직한 목소리로 시동어를 외우며 손을 가볍게 저었다.

"Brokes dur Dione, Kef!"

쿨린의 손등에 새겨진 문신들이 빛나기 시작하더니 손바닥을 통해 한줄기의 빛이 방출되었다.

—푸슛!

그 빛줄기가 노인 마법사가 들고 있는 지팡이에 적중되더니 산산조각이 나 사방으로 튀었다.

—파앗!

"마.마스터 쿨린! 뭘 하시는 겁니까!"

"차, 차단결계가!"

차단의 장막을 만들어내던 결계 지팡이가 파괴되자 라오와 소환술사들은 그대로 노출되어졌다.

갑작스런 상황에 우왕좌왕하는 소환술사들. 쿨린은 더 이상 볼 것도 없다는 듯 뒤를 돌았다.

"사실, 일이 끝나더라도 이런 뜨내기 마법사들을 모두 먹여 살리는 것은 버거운 일이거든?"

라오가 이빨을 깨물었다.

"빠득! 애초부터 이럴 생각으로 낭인 마법사들을 모집한 것인가!"

"후훗, 세상일이 다 그런 것이다. 다른 놈들은 별 필요 없지만, 라오 네 년은 탑에 어느 정도 필요한 존재라고 생각한다. 최선을 다해 살아남아 보거라. 후훗!"

그렇게 이야기한 쿨린은 바람 속으로 사라져 버렸다.

라오의 몸이 분노에 부들부들 떨렸다.

"빌어먹을 자식! 이것도 탑의 결정이란 말이냐!"

그녀는 주변을 둘러보았다. 겁에 질린 채 주변을 두리번거리는 10여 명의 소환술사들. 라오는 그들을 구하기 위해 땅 위에 차단결계 마법진을 그리기 시작했다.

하지만 반이 채 완성되기 전에 심상치 않은 기척이 들려오기 시작했다.

—스스스슥! 스스슥!

깊고 어두운 숲 저편으로 붉은 눈동자가 번들거리며 나타나기 시작했다.

그들을 둘러싼 수십 개의 눈동자들이 괴기스럽기까지 했다.

"크르르르! 크르륵!"

무겁게 내려앉은 공기 중에 둔켈의 숨소리가 섞였다.

이미 마법사들의 머릿속은 공포가 지배한 상태였다.

"타, 탑에서 우릴 이용한 거야. 결국 현자의 탑에 우리는 떠돌이 마법사였을 뿐이었던 건가."

소환사 중 한 명이 절망에 빠져 그 자리에 주저앉았다.

—털썩!

그것을 시작으로 그들을 에워싼 둔켈들이 덤벼들기 시작했다.

"카아아앙!"

죽음의 향기에 굶주린 둔켈들 앞에서 좌절에 빠져 있는 십여 명의 인간. 그야말로 맛깔스러운 사냥감들이었다.

끝까지 이성을 붙잡고 있던 라오는 마도력을 끌어 올렸다.

동방의 국가 괄란에서 '내력(內力)'이라 불리우는 힘. 그녀는 마법을 배우기 위해 현자의 탑으로 오기 전부터 그 내력의 사용에 익숙했다.

룬아머러만큼 대 둔켈 전투를 벌일 수는 없었지만, 자신의 한 몸 위험에서 빼내는 데는 전혀 무리가 없었던 것이었다.

그녀의 몸이 땅을 박차고 솟구쳤다.

—파앗!

순식간에 높이 매달린 나뭇가지에 올라섰다.

그 순간 아래에서는 소환술사들의 비명 소리가 들려오기 시작했다.

"크아아악!"

"사, 살려줘!"

"끄윽!"

둔켈의 손톱에 난자당하고 있는 소환술사들을 내려보던 라오 가슴이 아파옴을 느꼈다.

어찌되었든 몇 년간 오지에서 숙식을 함께했던 동료들이었던 것이다.

"크아아앙!"

둔켈 두 마리가 자신의 흔적을 알아챘다는 사실을 알곤 힘겹게 고개를 돌리며 몸을 날렸다.

"미안하다. 다들!"

—촤앗!

둔켈 두 마리가 나무를 오르며 그녀의 뒤를 쫓기 시작했지만, 나무의 가장 높은 곳에서 연한 나뭇가지를 밟고 달리는 그녀를 따라갈 수 없었다.

* * *

같은 시간, 제3의 소환결계를 시동시키고 둔켈들이 소환되는 모습을 바라보던 굴라쉬. 그는 숲의 저 먼 곳으로부터 둔켈들의 거친 울음소리가 들려오는 것을 느꼈다.

—크아아앙! 크룽! 크앙!

고개를 돌려 울음소리가 들려오는 방향을 바라본 그는 무표정하게 혼잣말을 중얼거렸다.

"둔켈들이 격앙되어 있는 것 같은데… 또 소환술사들이 당한 것인가? 쯔쯧, 멍청하긴. 몇 년간 같은 일을 했다면 철저하게 학습될 만도 한데……."

지금까지 몇 번의 경우가 있었다.

소환결계 이상 또는 누군가의 실수로 인해 이미 몇 명의 소환술사들이 둔켈들에게 죽임을 당했는데, 본인들의 잘못으로 발생한 사고였기에 크게 신경 쓰지 않았다.

얼마 지나지 않아 반대 방향의 소환결계 쪽에서도 둔켈들의 소란스러운 소리가 들려왔다.

차단결계 속에 피신해 있던 소환술사들도 그 소리를 들은 듯 웅성거리기 시작했다.

"어디선가 둔켈들에게 당한 것 같은데? 얼마 전에도 그랬지 않나?"

"그때 나도 현장에 있었네. 그로윈 그 녀석이 나무뿌리에 걸려 넘어지는 바람에 차단결계 밖으로 나가버렸는데, 둔켈들이 그 순간을 놓치지 않더군. 우린 차단결계 속에서 녀석이 갈기갈기 찢기는 모습을 볼 수밖에 없었지. 생각하기도 싫을 정도였어."

굴라쉬는 등 뒤의 소환술사들을 향해 나직하게 으름장을 놓았다.

"조용히들 하라."

언제 그랬냐는 듯 차단결계 속에 정적이 감돌았다.

잔혹한 성격은 아니었지만, 맺고 끊음이 딱 부러졌던 굴라쉬는 소환술사들에게 껄끄러운 상관이었던 것이다.

두 개의 소환결계에서 문제가 생긴 듯하자 굴라쉬 얼굴에 미미한 표정의 변화가 생겼다.

"잠시 이곳에서 대기. 내가 늦어진다면 상황을 봐서 안전지대로 이동하라."

"네, 알겠습니다. 마스터 굴라쉬."

주변을 쓱 쓸어보던 굴라쉬는 땅속으로 빨려 들어가듯 사라져 버렸다.

약 1켈리가량 떨어져 있던 제2의 소환결계에 굴라쉬가 모습을 드러냈다.

주변으로 어슬렁거리는 둔켈들이 보였고, 좀처럼 표정의 변화가 없던 그의 이마가 깊게 주름졌다.

짙은 피 냄새가 코를 파고들었다.

그리고 주변에 널려 있는 조각난 시신들로부터 악취가 피어올랐다.

"대체 무슨 일이 있었던 것이냐. 단 한 명도 피하지 못하고 몰살당하다니."

침중한 목소리로 중얼거리는 굴라쉬를 향해 둔켈들이 몸을 돌렸다. 아직도 갈증을 느끼고 있는 둔켈들 앞에 싱싱한 생명체가 나타난 것이었다.

"크아앙!"

그중 한 마리가 순서를 놓치지 않기 위해 침을 흘리며 발 빠르게 달려오기 시작했다.

그것을 알면서도 잠시 생각에 잠겨 있던 굴라쉬는 자신의 목에 걸린 푸른 펜던트를 꺼내어 들었다.

로드 브로이덴이 네 명의 마스터에게 전해준 '루데인의 요람' 이었다.

허공으로 치켜든 펜던트로부터 푸른빛이 사방으로 뻗어나갔다.

둔켈들은 뭔가에 이끌린 듯 그 빛을 마주하더니, 금세 양팔을 축 늘어뜨리고 고개를 들어 올려 수면에 빠져들었다.

둔켈들이 잠잠해지자 굴라쉬는 둔켈들을 깨우지 않기 위해 조심스러운 발걸음을 했다.

아무리 현자의 탑 마스터 중 한 명이라고 해도 이 자리의 둔켈들과 맞서 싸워 이길 확률은 희박했기 때문이었다.

주변을 둘러보며 소환술사들의 사체를 살피던 굴라쉬의 하얀 눈이 반짝였다.

"이것은?"

피로 뒤덮인 땅에서 돌조각을 발견했기 때문이었다. 조각 하나를 집어 들어 확인한 굴라쉬는 낮게 침음성을 터뜨렸다.

"차단결계의 마법진이 새겨진 지팡이. 이것이 실수로 깨질 리는 없다."

누군가가 의도적으로 지팡이를 파손시켰을 수 있다는 데까지 생각이 닿자 굴라쉬의 고개가 휙 돌아갔다.

라오가 맡은 제1의 소환결계 쪽이었다.

자신의 제자라 할 수 있는 그녀가 걱정되었던 것이다.

"라오……."

그것도 잠시, 심각해 있던 굴라쉬의 표정이 원래대로 돌아왔다.

"훗, 괜한 걱정을 했군. 그렇지 않으면 내 제자라 할 수 없지."

그의 말이 끝남과 동시에 머리 위 높은 곳의 나뭇가지가 조금 흔들리더니 검은 인영이 하나 뛰어내렸다.

창백해진 얼굴의 라오. 그녀는 굴라쉬를 만나 안심이라는 듯 표정이 풀리고 있었다.

주변을 둘러본 라오는 붉은 입술을 깨물었다.

"여기도 똑같군요."

"네가 맡은 제1결계도 똑같은 일이 있었던 것인가? 누가 차단결계를 파괴한 것이지?"

라오가 침울한 목소리로 대답했다.

"마스터 쿨린. 그가 현장에 나타나 차단결계를 파괴했어요. 마스터 굴라쉬께서도 모르셨던 일이셨나요?"

굴라쉬는 대답대신 고개를 끄덕였다.

담담한 표정이 된 굴라쉬가 몸을 휙 돌렸다.

"어디로 가시려는 거죠?"

"마스터 쿨린을 찾아 이유를 들어야지."

라오가 불안한 얼굴이 되었다.

"조심하세요, 마스터 굴라쉬."

"날 믿지 못하는 것이냐?"

"당연히 믿어요! 하지만 마스터 쿨린은 워낙 음험한 자라……."

"걱정하지 않아도 된다. 로드의 명령이 없다면 제 아무리 마스터 쿨린이라도 날 어떻게 하지 못할게다. 또, 맞붙는다해도 그 녀석에게 딱히 질 생각은 없다."

"네!"

"넌 안전지대로 가 있거라."

"알겠어요."

굴라쉬가 움직이려 할 때, 그가 원래 있던 제3의 소환결계 방향으로부터 아련한 비명 소리가 들려오고 있었다.

굴라쉬의 얼굴이 찌푸려졌다.

"저쪽인가? 마치 내가 이쪽으로 올 것을 계산한 것인가? 불쾌하군."

그렇게 이야기한 굴라쉬가 땅속으로 스며들며 사라졌다.

그를 향해 무한한 믿음을 준 라오는 명령대로 안전지대로 움직였다.

"끄아아악!"

소환술사들의 비명이 공간을 가득 메웠다.

둔켈의 손톱에 소환술사의 상체가 세 조각으로 나뉘어지며 붉은 피가 뿜어졌다.

피가 둔켈의 얼굴을 듬뿍 적셨고, 놈은 기쁜 듯 허공을 향해 소리 질렀다.

"크릉!"

나무 위에 느긋하게 앉아 구경하던 쿨린이 손뼉을 치며 좋아했다.

"역시 둔켈들은 화끈하군! 이러니 둔켈들에게 매료되지 않을 수가 없지. 더 날뛰어 보라고!"

그 사이에도 몇 명의 소환술사가 처참하게 죽어나갔다. 어떠한 저항도 할 수 없었다. 그들 역시 마법사였지만, 소환결계를 시동시키는 데만 집중되었기에 공격 마법은 전혀 캐스팅하지 않은 것이었다.

그 모습을 보며 즐기던 쿨린이 문득 김빠진 얼굴을 했다.

"오, 제발! 너무 일찍 돌아왔잖나, 마스터 굴라쉬!"

그의 말대로 살육의 현장 한가운데 땅에서 솟아오른 굴라쉬. 그는 고개를 들어 올려 나무 위의 쿨린을 바라보았다.

눈빛에는 경멸이 섞였다.

굴라쉬는 루데인의 요람을 가동시켰다.

주변으로 푸른빛이 뻗었고, 사납게 날뛰던 둔켈들이 그 자리에 팔을 늘어뜨리며 잠들었다.

아직 목숨이 붙어 있는 대여섯 명의 소환술사를 향해 말했다.

"그 자리에 가만히 있도록. 조금이라도 잘못 움직였다간 다시 깨어나서 덤벼들 것이다."

그의 말에 팔이 잘려나간 소환술사조차도 신음성을 흘리지 않기 위해 땅에 있는 나무 조각을 주워 입에 물었다.

굴라쉬의 몸이 가볍게 허공에 떠올랐다.

—우웅.

굴라쉬는 쿨린의 눈앞까지 올라와 멈추었다. 그는 무감정한 목소리로 쿨린에게 물었다.

"대체 뭘 하는 짓인가?"

쿨린은 뭐가 재미있는지 킬킬거리며 웃었다.

"크큭, 뭘 하긴? 보는 대로 둔켈들에게 죽어나가는 저 떠돌이 마법사들을 구경하는 중이지."

"저들은 이제 떠돌이 마법사가 아니다. 탑에서 정식으로 받아들인 소환술사들이다."

쿨린이 어깨를 으쓱거렸다.

"뭐, 대외적으로는 그렇겠지. 하지만 진실은 아니야. 어디까지나 이번 일에 사용될 부속일 뿐이지."

"하나만 묻지. 자네의 뜻인가? 아니면 그분의 뜻인가?"

쿨린이 피식 웃었다.

"훗! 내가 아무리 제멋대로라지만 이런 일을 마음대로 벌였을 것 같나? 물론 로드께 제안은 내가 먼저 했지만 말이야."

"로드께서 허락하신 일이란 말인가?"

"로드께서는 상황에 대해 명확하게 판단하고 계신다네. 저 자들은 본 탑에 가장 중요한 비밀을 알고 있는 위험분자들이지. 놈들을 풀어놨다간 어디선가 술에 절어 자신들이 한 일을 세상에 퍼뜨리겠지."

"이와 같은 일이 이곳에서만 일어나는 것은 아닌 것 같군."

"다른 곳은 모두 담당 마스터들이 직접 시행하고 있다. 자네는 그들만큼 마음이 모질지 못해서 내가 직접 온 것이지."

"……."

굴라쉬가 대답 없이 있자 쿨린이 음험한 표정으로 물었다.

"어떻게 할 샘인가? 조용히 그분의 뜻을 따를 것인가? 아니면 탑에 반역할 생인가?"

쿨린은 재미있다는 듯 이죽거리며 굴라쉬의 얼굴을 살폈다. 굴라쉬는 좀처럼 자신의 감정을 밖으로 드러내지 않았다.

"진정 그분의 뜻이라면 따를 수밖에."

루데인의 요람을 손에든 그는 발아래를 향해 가동시켰다.

푸른빛을 한 번 떠 쬐자 잠들어 있던 둔켈들의 붉은 눈동자가 다시금 떠졌다.

벌어져 있던 입사이로 질척한 침이 흘러내렸다.

"크르르릉!"

십여 마리의 둔켈들은 냄새를 맡으며 주변을 두리번거렸다.

바닥에 앉아 상처를 감싸 매고 있던 소환술사들과 눈이 마주쳤다.

소환술사들은 그 자리에 얼어붙었다.

땅에 발톱을 박아 넣으며 대여섯 명의 소환술사들에게 다가온 둔켈들. 굴라쉬를 만나 한줄기의 희망을 얻었던 그들은 둔켈들에게 자비 없이 유린당하기 시작했다.

"크악! 마스터 굴라쉬!"

소환술사들의 비명을 듣고 있던 굴라쉬의 얼굴 근육이 푸들거렸다.

그의 눈동자는 분노에 차 쿨린을 째려보았다.

"그렇게 노려보지 말게. 피부가 타들어가겠군. 크크큭!"

"일이 끝나는 대로 로드께 이번 일에 대해 여쭙겠다."

"그래, 그래. 자네는 참으로 이성적인 사람이지. 난 그 점이 아주 마음에 들어."

"일이 끝났으면 돌아가도록."

쿨린은 손을 들어 올리며 대답했다.

"알겠네. 그럼 다음 명령이 내려질 때까지 둔켈들을 잘 돌보고 있게나. 후훗."

쿨린은 더 이상 볼일이 없다는 듯 그 자리에서 흩어지며 사라졌다.

쿨린이 사라지자 굴라쉬가 깊은 한숨을 내쉬었다.

둔켈들을 다시 잠재운 굴라쉬가 땅으로 내려와 소환술사들의 시신들을 살폈다.

두 눈을 부릅뜬 채 원통하게 죽어 있는 모습. 손으로 눈을 감겨주며 고향에서 회자되던 사자(死者)들을 위한 기도를 했다.

"내가 둔켈들을 풀지 않았더라도 쿨린의 손에 죽었을 것일세. 날 너무 원망하지 말길."

잠시 침묵을 지키던 그는 몸을 일으켰다.

지금 당장 감상에 빠져 있을 시간이 없었다.

숲에 풀어놓은 막대한 수의 둔켈을 잠재워야 할 임무가 있었기 때문이었다.

그의 몸은 천천히 땅속으로 스며들며 그 자리를 떠났다.

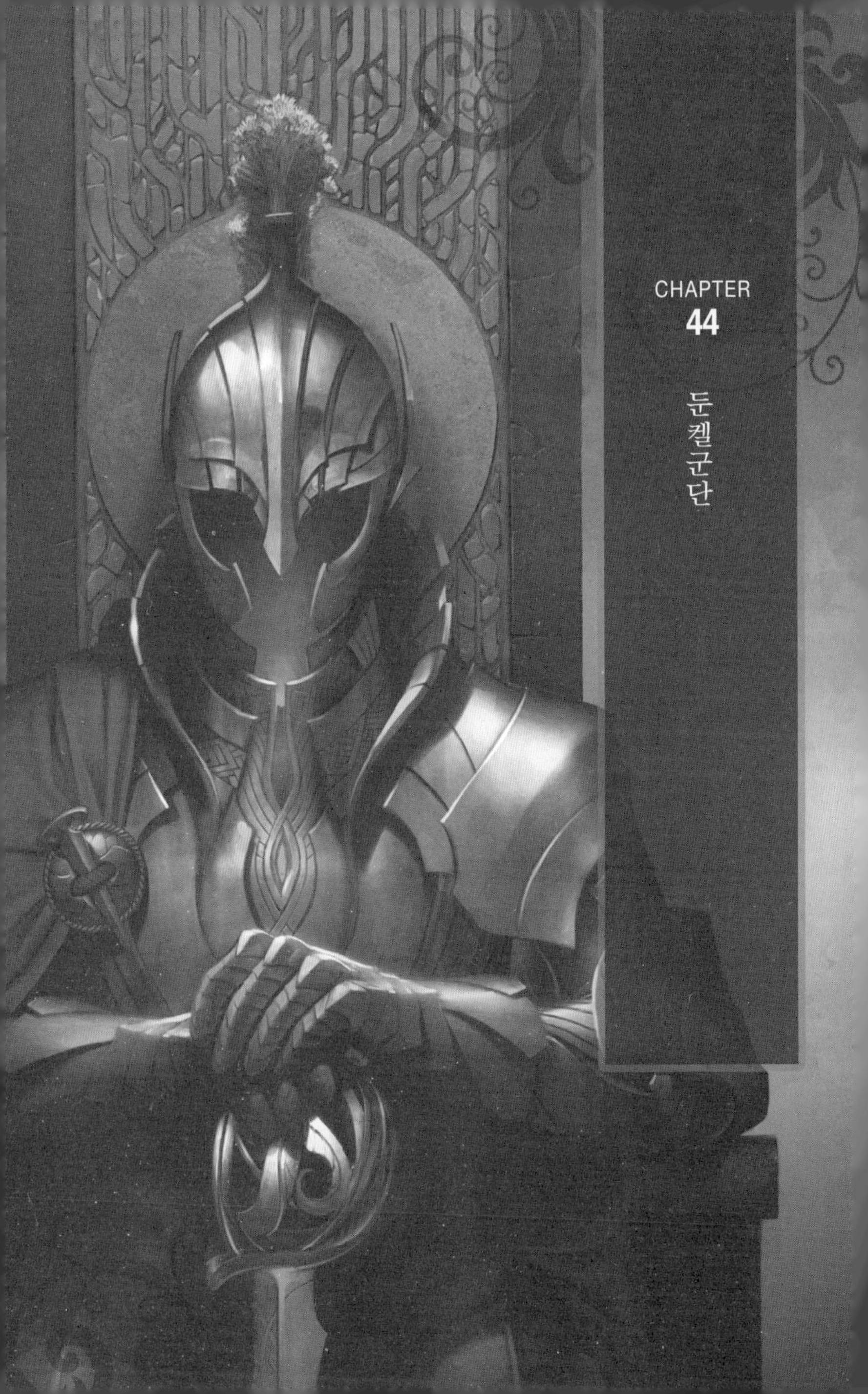
CHAPTER
44
둔켈군단

Master of Fragments

해가 저물자 어두운 하늘에는 별이 빼곡하게 차들었다.

지평선까지 아무것도 보이지 않는 넓은 들판. 발로인과 루미트 사이에 위치한 '에먹스 평원'이었다.

땅에 바위와 돌이 많아 농터로 개간이 힘들어 몇 백년간 평원으로 남아 있는 곳이었기에 발로인과 루미트를 연결하는 도로를 제외하고는 사람의 흔적을 거의 찾아볼 수 없었다.

드넓은 평원의 복판에 사람의 그림자가 움직이고 있었다.

달빛을 받으며 움직이는 그림자는 중간중간 사라진다 느껴질 만큼 빨랐고, 나타나는 곳마다 반짝이는 흔적을 남겼다.

—츠즈즈즉!

머리에서 발끝 뒤덮은 검은색의 룬아머. 바로 발로인을 떠나 인적이 드문 곳을 찾아 이곳까지 오게 된 벨드였다.

"하앗!"

짧은 기합을 넣으며 허공 높이 뛰어오른 벨드는 땅을 향해 샤브레를 휘둘렀다.

주변은 삭막한 냉기가 가득 찼고, 샤브레에서 발출된 냉기는 반경 10멜리가량의 땅을 새하얗게 얼려놓았다.

—촤아악!

바닥에 내려선 벨드는 가쁜 숨을 몰아쉬며 투구를 해제했다.

풀어헤쳐진 검은 머리카락이 길게 내려왔다.

이마에는 땀이 비 맞은 듯 흐르고 있었는데, 마도력을 바닥까지 소비하면서 고통에 가까운 피로감을 느끼는 중이었다.

"하악! 하악!"

그는 자신이 만들어놓은 결과물을 둘러보았다. 만족스럽지 않은 얼굴이었다.

"하아, 아직 멀었군."

그의 머릿속으로 엘락의 목소리가 들렸다.

'마도력의 문제다. 슈반스가 심어준 마나루틴을 내가 최적화시켜 준 덕에 마도력이 쌓이는 시간이 예전에 비해 더 빨라

지기는 했지만, 마도력을 본격적으로 축적하기 시작한 지 이제 겨우 보름. 아직 시간이 더 필요하다.'

호흡이 쉽게 진정되지 않는지 가쁜 숨을 몰아쉬며 물었다.

"하아! 하아! 얼마나 더 있으면 바케인 할아버지 정도의 마도력을 가질 수 있지?"

'으음, 최소한 50년쯤?'

벨드의 입이 쩍 벌어졌다.

"흐엑! 그때까지 어떻게 기다려?!"

'마도력이라는 게 자고 일어나면 쑥쑥 늘어나는 게 아니잖나. 이미 '접신(接神)'을 성공했으니 웬만한 적에게 당하지는 않을 것이다. 그러니 이제 조금은 여유롭게 수련을 해도 괜찮지 않겠냐?'

벨드는 샤브레를 든 팔을 축 늘어뜨렸다.

"하지만 접신시간이 그렇게 길지 않은걸? 기껏 해봐야 5분이면 접신이 풀려버려."

그렇게 이야기한 벨드가 가즈아머를 해제하며 그 자리에 주저앉았다.

—지잉.

기운 없는 얼굴로 하늘을 바라보고 있었다. 엘락이 심드렁해 있는 벨드에게 말했다.

'기고만장해질까 봐 가급적이면 말해주지 않으려고 했는

데, 이렇게 기죽어 있으니 말해주지.'

"뭘 말이야?"

'너 녀석의 접신시간은 다른 가즈아머들에 비해 상당히 길다고 볼 수 있다.'

"그럴 리가? 다른 가즈아머들이 훨씬 마도력이 강할 텐데?"

'접신시간은 마도력과 상관관계가 있는 게 아니다. 피접신자의 정신력과 관계가 있는 것이지. 처음 접신을 했을 때, 네 녀석의 정신력이 강인해서 적지 않게 놀랐었다. 초보자가 5분 동안 접신을 유지하는 것만으로도 대단한 것이라 할 수 있다. 아마 익숙해진다면 접신시간을 더 늘릴 수 있겠지.'

엘락의 위안에 벨드의 표정이 크게 밝아졌다.

"정말? 그렇단 말이야?"

'그렇다.'

"그럼 마도력을 수련하는 것보다 접신시간을 늘리는 것이 훨씬 좋겠네!"

'그렇게 단순한 게 아니야. 너도 경험했겠지만 접신이 풀리면 접신을 유지했던 시간만큼 나의 신성력이 없어진다. 그때는 가즈아머의 모든 기능이 정지되어 고철덩어리일 뿐이지.'

"아아! 맞아. 접신이 풀리는 순간 가즈아머가 엄청나게 무거웠다고."

'가즈아머의 소재는 '란티엄' . 그 강도가 미스릴의 10배에 달한다. 단점은 그만큼 비중이 높아 무겁다는 것이지.'

"어쩐지……."

'어쨌든, 나의 신성력이 돌아올 때까지는 자신의 마도력으로 생존해야 하는 거다. 위험한 상황에 처할 수 있으니 접신은 상황을 잘 선택해야 한다.'

"으음, 결국 둘 다 해야 된다는 말이군."

잠시 생각을 하던 벨드가 자리를 털고 일어났다.

"뭐, 어쨌든 그 이야기를 들으니 기운이 조금 나는걸? 다시 시작해야지."

엘락이 걱정스러운 목소리로 말했다.

'마도력을 소진한지 얼마 되지 않았는데, 벌써 다시 시작할 샘이냐?'

"응, 일단 마도력을 조금이라도 되찾았으니까. 마도력이 있는데 아무것도 하지 않을 수는 없잖아? 조금이라도 더 쓰고 더 익숙해져야지."

'마도력이 바닥나는 게 고통스럽지 않냐?'

벨드는 그의 물음에 대해 생각해 보았다.

처음 마도력을 사용할 때는 그 양이 미미해서 몰랐고, 그 이후에는 마도력을 모두 소진해본 적이 없었다.

하지만 수련을 위해 이곳으로 온 후 마도력이 바닥날 때마다 하복부에 위치한 마나폴의 통증이 커졌다.

마도력이 늘수록 통증이 커진다는 사실을 은연중에 느끼고 있었다.

“물론, 고통스럽지. 하지만, 마도력을 모두 소진하고 채우는 것을 반복할수록 마도력이 더 늘어나는 것을 느껴. 그러니 고통스럽더라도 참는 거지. 혹시 그렇게 마도력을 소진하는 게 위험하거나 한 건 아니겠지?”

‘네 녀석이 아직까지 문제없이 살아 있잖아? 마도력을 뿜어 올리던 마나폴이 비게 되면 충격이 가해지는 것이다. 지극히 자연스러운 현상이지.’

“그럼 다행이군. 혹시나 잘못되는 게 아닌가 걱정했네.”

‘그래도 겁을 먹긴 했었나 보군.’

“하하! 나도 사람이니까.”

그렇게 말한 벨드는 다시 마도력을 끌어 올리며 가즈아머를 소환했다.

작은 손짓만으로도 강맹한 냉기가 뿜어지며 주변을 얼렸다.

땅 위로 올라오던 습기는 급속도로 얼어 별처럼 반짝이며 흩날렸다.

벨드는 냉기의 수위를 마음대로 조절하며 마도력을 의지

대로 움직이는 훈련에 집중하기 시작했다.

다시 시간이 흘렀다. 하루, 하루 수련이 거듭될수록 벨드는 서쪽으로 향했다.

그 이유는 아주 단순했는데, 평원에서 먹을 것을 구하기가 아주 어려웠기 때문이었다.

먹을 것을 찾아 에먹스 평원을 거의 가로지르자 에먹스 평원에 버금가는 크기의 거대한 숲을 만났다.

나트막한 언덕 위에서 숲을 내려다본 벨드는 혀를 내두를 수밖에 없었다.

"정말 굉장한 숲이군. 언덕 위에서도 끝이 보이질 않아."

북부에도 숲이 많았지만, 이만한 숲은 본적이 없었기 때문이었다.

"이 숲을 넘으면 항구도시 루미트인가 보군. 그래도 끝이 보이지 않는 이 숲 때문에 절대 가깝게 느껴지지 않는걸?"

잠시 감상에 빠져 있던 벨드는 금방 현실로 돌아왔다.

"그나저나 여기는 사냥감들이 좀 있을까?"

엘락의 목소리가 들려왔다.

'생명의 기운이 물씬 풍기는군. 아마도 많을 게다.'

"훗! 반가운 말이군. 그럼 가보자고!"

벨드는 마도력을 잔뜩 끌어 올렸다.

그의 몸은 환상처럼 허공에 부웅 떠오르는 것처럼 느껴졌다.

그리고 가볍게 달리는 것처럼 보였지만 앞으로 나아가는 속도는 달리는 말에 비할 것이 아니었다.

언덕에서 내려다보았기에 가까운 듯했지만 실제로는 3켈리나 떨어진 거리였다.

그 거리를 순식간에 달린 벨드는 허기진 배를 부여잡고 바로 사냥에 돌입했다.

지난 한 달, 식물백과에 기술된 식용 풀들로 끼니를 때웠다.

운이 좋아 들판을 돌아다니던 여우 한 마리를 사냥한 것을 제외하곤 풀을 뜯어먹은 것이 다였기에 그의 식욕은 하늘을 찌를 판국이었다.

숲에 들어온 지 얼마 지나지 않아 토끼 한 마리를 발견했다.

벨드는 손끝으로 마도력을 집중하자 얇고 뾰족한 얼음줄기가 만들어졌다.

가볍게 튕겨내자 화살처럼 날아간 얼음줄기가 풀을 뜯고 있던 토끼의 머리에 박혔다.

—푸슉!

"고통은 없었겠지? 미안하지만 잘 먹을게."

토끼 귀를 잡아든 벨드가 주변을 두리번거렸다.

"근처에 냇물이 있으려나?"

'북서쪽 약 2켈리 부분에서 물의 기운이 느껴진다.'

"고마워."

벨드는 신난 얼굴로 토끼를 들고서 움직이려다 멈추었다.

"그런데, 북서쪽이 어느 쪽이야?"

'쯔쯧, 네 오른쪽으로 쭉 달려라. 그 방향치는 어떻게 훈련할 수 없나?'

"오히려 내가 알고 싶은 것이라고. 정작 불편한 사람은 나니까."

얼마 지나지 않아 냇가에 도착한 벨드는 차가운 물에 손을 담궜다.

두 손으로 물을 떠서 목을 축인 벨드는 탄성을 질렀다.

"캬아! 물을 마시는 것도 오랜만이네. 늘 얼음을 만들어서 녹여 먹었더니 이 목넘김이 그리웠거든."

몇 번 더 물을 떠 마신 벨드는 토끼를 손질하기 위해 샤브레를 소환했다.

'너 설마 고작 토끼 손질하는데 신성한 샤브레를 사용하려고 하는 거냐?'

잠시 흠칫거린 벨드는 샤브레를 거두어 들였다.

"서, 설마. 그럴 리가 없지."

얼버무린 벨드는 손가락 끝으로 유형의 마도력을 끌어 올렸다.

두루뭉술한 모양이 아니라 잘 벼려진 칼날과 같은 모습이었는데, 마도력을 방출하는 것보다 훨씬 어려운 일이었다.

마도력에 닿은 토끼 가죽은 아무런 저항 없이 깨끗하게 잘려 나가고 있었다.

"쳇, 고작 토끼 하나 손질하는데 이 정도의 마도력을 쏟아부어야 하다니… 샤브레를 썼다면……."

투덜거리면서도 토끼의 가죽을 벗기고 내장을 제거하는 손은 전광석화와 같았다.

벨드는 마른 가지와 나뭇잎을 모아 모닥불을 붙였다.

평야에서와 비교하면 불붙이는 일이 손쉽기로 비교조차 할 수 없었는데, 어디를 둘러봐도 불 땔거리들이 널려 있었기 때문이었다. 엘락이 물었다.

'지금 너라면 마도력으로도 고기를 익힐 수 있는데 굳이 불을 피우는 이유는 뭐냐?'

"너도 참 불쌍하다. 음식의 맛을 모르다니 말이야. 불꽃에 그슬린 부분이 있어야 맛이 좋다고."

'인간이란 별걸 다 신경 쓰는군. 요정족이나 야수족들은 그다지 크게 신경 쓰지 않던데 말이야.'

"그들이 인생의 기쁨 하나를 모르는 거지, 뭐."

토끼고기로부터 기름이 떨어지며 불꽃이 춤을 췄다.

구수한 냄새가 퍼지자 벨드는 입안에 침이 고이는 것을 느꼈다.

"캬! 향기가 기가 막히는걸?"

대충 나뭇가지로 찔러 익은 정도를 살피던 벨드는 참을 수 없다는 듯 다리 하나를 뜯어 입에 물었다.

야생의 토끼라 그런지 상당히 질겼지만, 그런 사소한 문제는 아무래도 좋았다.

"소금이 있었으면 기가 막혔을 텐데. 그래도 이게 어디야. 배 든든하게 먹을 수 있다는 게 다행이지."

문득 고기를 뜯던 벨드의 움직임이 멈추었다.

그는 숲의 깊은 쪽으로 고개를 돌려 나직이 말했다.

"뭐지, 이 위화감은? 지금까지 느껴보지 못한 느낌인데."

'접신을 하면서 신성력을 받아들여서 그렇다. 이제 어둠의 힘을 어렴풋이 남아 느낄 수 있게 된 거지. 저 방향에 둔켈들이 있다. 그것도 적지 않은 수야.'

그리고 오른편을 바라보았다.

"저쪽에서도 옅게나마 느껴지는걸? 이런 곳에 둔켈들이 진을 치고 있다니, 그렇다는 건 현자의 탑 마법사들도 있다는 뜻인가?"

'그것까지는 알 수 없겠지. 어떻게 할 생각이냐?

벨드는 주먹을 움켜쥐었다.

"당연히 소멸시켜야지. 놈들이 뛰쳐나가 다른 사람들에게 피해를 주기 전에 말이야. 그리고 전투기술도 다듬을 기회가 되기도 하고."

그렇게 결정한 벨드는 토끼고기 한 조각을 뜯어 입에 물며 둔켈의 존재감이 가장 진한 곳을 향해 달리기 시작했다.

약 1켈리에 달하는 거리를 순식간에 달린 벨드는 작은 공터에서 움직임을 멈출 수밖에 없었다.

"으윽! 이게 뭐야!"

공기가 멈춰진 공터에 고기 썩는 냄새와 날벌레들로 가득 차 있었다.

너무나 지독한 냄새에 헛구역질이 올라왔지만, 간신히 참은 벨드는 땅을 살폈다.

십여 구로 추정되는 시체들. 처참하게 갈기갈기 찢어져 있었기에 정확한 수조차 파악하기 힘들었다.

"끄윽, 대체 무슨 일이 일어난 거지? 이 처참한 시체들은……."

망토로 입과 코를 막은 벨드가 시체들을 대충 살폈다.

모두 비슷한 모양의 로브를 걸친 모습들. 그리고 썩어 문드러진 팔에는 다양한 문신들이 새겨져 있었다.

"아무래도 마법사들인 것 같군. 둔켈들에게 당한 것인가?"

거칠게 찢겨진 살점들을 본 벨드는 그렇게 확신할 수밖에 없었다.

"뭔가 이상해. 분명 둔켈들을 자신들이 소환했다면 자신들이 피신할 방법은 미리 만들어놨을 텐데……."

이 자리에서 답을 찾기 어렵다는 사실을 받아들인 벨드는 마법사들의 시체를 뒤로하고 다시금 달려나갔다.

그로부터 다시 1켈리가량 떨어진 곳에서 같은 광경을 한 번 더 목격할 수 있었다.

마법사들의 로브를 걸치고 처참하게 찢겨 죽은 시체들.

"으음, 둔켈을 소환했지만 실수로 피하지 못하고 살해당했다라. 그것도 두 곳 모두? 뭔가 이상해. 어쩌면 더 많은 시체가 있을지도 모르겠군."

혼잣말을 하고 있을 때, 저 멀리에서부터 둔켈의 숨소리가 아련하게 들려왔다.

"크르르릉."

귀를 기울여 그 소리를 잡아낸 벨드가 고개를 돌렸다.

"근처로군. 몇 마리나 되지?"

'대강 20마리쯤?'

"그렇게 많았단 말이야?"

'뭐, 이 정도쯤이야. 과거의 가즈아머들은 하급 둔켈 수십 마리 따위에는 눈 하나 깜짝하지 않았지.'

"잘나셨었군. 다들."

'너도 감각에 익숙해져라. 그렇게 된다면 어둠의 기운을 느끼는 것만으로도 둔켈의 수가 얼마나 되는지 알게 될 거다.'

"쳇! 고아원에 있을 때부터 숙제는 질색이었는데. 시간이 갈수록 숙제가 점점 많아지는군. 어쨌든 놈들의 머릿수나 좀 줄이고 생각해 봐야겠어."

벨드는 가즈아머를 소환해 냈다.

가즈아머의 효용으로 마도력이 증폭되는 것을 느낀 벨드는 자신감 있게 몸을 날렸다.

그로부터 얼마 떨어지지 않은 곳에서 둔켈들의 무리를 발견할 수 있었다.

벨드가 자신의 기척을 없앴기에 둔켈들은 그를 아직 발견하지 못했는데, 두터운 나무 뒤에 몸을 숨긴 벨드가 상황을 살폈다.

엘락의 말대로 대략 수는 20여 마리. 일정한 간격으로 거친 숨소리를 흘리고 있었다.

"크르르릉."

놈들은 키 큰 나무들 사이에서 팔을 늘어뜨린 모습으로 서 있었다.

머리에 박힌 눈을 감은 채 장승처럼 꿈쩍하지 않고 있었는데, 둔켈들의 이런 모습을 처음 본 벨드는 의아해 하며 심언으로 엘락에게 물었다.

"저 녀석들 뭘 하고 있는 거지?"

'놈들은 먹기 위해서 생명체들을 공격하는 것이 아니다. 생명체가 죽을 때 내뿜는 고통과 두려움이 만들어내는 힘을 먹고사는 것이지. 놈들은 생명체를 살상하는 일이 아니라면 좀처럼 움직이지 않는다. 힘을 낭비할 필요가 없다는 말이지.'

"생명체를 죽이기 위해 존재하는 녀석들이란 말이군."

'그렇다. 하지만 상급 둔켈들은 이야기가 다르지. 의사소통을 하진 않지만, 스스로 의사를 가지고 있고, 최상급 둔켈들은 전략을 구사하기까지 한다. 이놈들은 아직 명령을 받지 않은 것이다.'

"상급 둔켈이라……. 엑스터급 둔켈 정도를 말하는 거야?"

'너희 유사인종들이 말하는 엑스터급이거나 그 이상이다.'

잠시 생각을 하던 벨드가 다시금 물었다.

"녀석들의 감지 범위는?"

'조금씩 차이가 있겠지만 놈들이 생명체의 냄새를 맡는 능력은 최대 2켈리. 유사인종의 냄새를 맡게 되면 놈들은 득달같이 달려갈 거다.'

"에? 요정족보다 훨씬 감각이 뛰어나잖아? 그러고 보니 주변에 동물도 많을 텐데 왜 움직이지 않는 거지?"

'짐승들은 두려움과 공포를 느끼지 않는다. 인간으로 말하자면 먹을 수 없는 동물은 사냥할 필요도 없다는 것이지. 놈들은 그야말로 유사인종의 천적이다.'

"으음, 대충 이해가 가는군."

벨드가 20여 마리의 둔켈들을 어떻게 처리할지 잠시 생각하고 있을 때였다.

석상처럼 서 있던 둔켈들의 붉은 눈동자가 천천히 떠졌다.

그들의 주둥이로 그르륵거리는 소리가 흘러나오기 시작했다.

"뭐, 뭐지? 이 녀석들 갑자기 왜 눈을 뜨는 거야? 내 기척을 느끼기라도 한 건가?"

'그럴 리 없지. 어디선가 유사인종의 냄새를 맡은 것이다.'

"뭐? 그럼 누가 숲으로 들어왔단 말이야?"

'그렇지 않으면 놈들이 움직이기 시작할 리 없다. 이놈들뿐만 아니라 감지 범위 내의 다른 녀석들도 움직이기 시작했을 것이다.'

"치잇! 이 수의 둔켈들이 한꺼번에 몰려들면 제아무리 룬아머러 길드라고 하더라도 막아내기 힘들겠어!"

둔켈들이 약속이라도 한 듯 같은 방향으로 고개를 돌렸다.

—기기기긱.

놈들이 흩어지기 시작하면 대적하기 힘들 것이라 생각한 벨드는 더 이상 고민할 것이 없었다.

"최대한 빨리 쓸어버리고 다른 놈들을 찾아야겠군."

벨드는 마도력을 풀풀 풍기며 의도적으로 자신의 기척을 드러냈다.

—츠즈즈즉!

그러자 둔켈들의 시선이 벨드가 있는 곳으로 모아졌다.

"크릉!"

하지만 둔켈들의 붉은 눈동자가 잡아낸 것은 아른거리는 검은 그림자뿐이었다.

놈들이 인지하고 움직이는 속도보다 빠르게 머리가 분리되어 날아올랐기 때문이었다.

—서걱!

순식간에 세 마리의 둔켈이 머리를 잃고 허공에 흩어졌다.

"크아앙!"

남은 둔켈들이 감각을 모두 끌어 올리며 검은 그림자의 움직임을 쫓으려 했지만, 상대는 이미 그들의 감지 능력을 뛰어넘고 있었다.

"크앙!"

둔켈들의 짧은 비명성이 울려 퍼질 때마다 한 마리씩 소멸되어갔고, 둔켈들은 우왕좌왕하기 시작했다.

"미끼를 한번 던져볼까?"

벨드는 움직이는 속도를 늦추었다. 벨드의 움직임을 눈으로 쫓을 수 있게 되자 그를 잡기 위해 10여 마리의 둔켈들이 우왕좌왕하며 달려들었다.

그 모습을 본 벨드는 피식 웃었고, 나무 사이를 이리저리 뛰어다니면서 적당한 거리를 유지했다.

"크아앙!"

둔켈들이 답답한지 울음소리를 터뜨렸다. 손톱을 휘두르고 브레스를 토해내어도 아슬아슬하게 벨드에게 닿지 않는 것이었다.

잠시 술래잡기를 하던 벨드는 힐끗 뒤를 살피더니 몸을 돌렸다.

10여 마리의 둔켈이 한눈에 들어왔다.

샤브레를 검집에 꽂아 넣은 벨드는 마도력을 극한으로 끌어 올리며 오른손을 뻗었다.

"이거나 먹어라. 아발란츠 캐넌(Avalache Canyon)!"

오른팔의 뱀브레이스 표면이 하얀빛을 뿜어내며 서리가 내려앉았고, 앞으로 뻗은 손바닥으로부터 거대한 눈보라가 뿜어져 나가기 시작했다.

—쏴아아아아!

눈보라는 전면의 둔켈들과 나무 전체를 뒤덮었다. 순식간에 때 아닌 설원이 눈앞에 펼쳐지는 중이었다.

벨드가 마도력을 거두어들이자 눈보라가 걷히며 눈앞의 광경이 드러났다.

10여 마리의 둔켈들은 머리만 내민 채 눈에 파묻혀 있었는데, 급격한 속도로 얼어붙어 몸을 움직이지 못할 뿐 붉은 눈동자는 빙글빙글 돌며 벨드를 바라보고 있었다.

벨드는 다시 샤브레를 뽑아 들더니 눈 더미 위로 몸을 날리며 빼꼼히 내민 둔켈들의 머리를 손쉽게 잘라냈다.

—서걱! 서걱!

둔켈들이 소멸되며 악취를 내뿜었지만, 눈 더미 때문인지 평소보다는 조금 덜하다고 느끼는 중이었다.

벨드는 자신의 손을 내려다보았다. 아직까지 건틀렛은 냉기를 뿜어내고 있었다.

"조금은… 조금은 강해진 건가?"

전방 50멜리를 눈 더미로 만들고 난 후였음에도 마도력이 넘쳐흘렀다.

'뭐, 제법 잘했군.'

엘락의 칭찬에도 별다른 반응을 보이지 않았다. 스스로 예전과의 차이를 확실히 느낄 수 있었기 때문이었다.

"할 수 있다."

힘껏 주먹을 쥐며 자신감이 고양되고 있을 때, 엘락의 목소리가 들려왔다.

'잘난 척하고 있을 때가 아니다. 가즈아머의 냄새를 맡고 둔켈들이 몰려들고 있다. 놈들의 우두머리까지 끼어 있군.'

고개를 든 벨드는 더욱 자신의 기운을 뿜어냈다. 둔켈의 기운이 다가오고 있는 방향으로 먼저 움직이기 시작했다.

CHAPTER
45

접신(接神)

울창한 숲 속, 벨드는 더러운 타액을 흘리며 손톱을 휘두르는 둔켈들의 사이를 누볐다.

손등에 날카롭고 긴 얼음송곳을 만들어낸 그는 둔켈의 내핵을 정확하게 노려 찔러 넣었다.

—스슥!

금속조차도 뚫기 힘든 둔켈의 가죽을 마도력으로 감싼 얼음송곳이 거침없이 유린했다.

다시 얼음송곳을 하나 더 만들어낸 벨드는 다음 둔켈에게 접근하여 같은 행동을 반복했다.

군더더기 없는 움직임이 그의 힘을 최대한 보존하고 있었다.

대여섯 마리의 둔켈을 소멸시키며 길을 만들어낸 벨드는 정면의 덩치 큰 둔켈을 슬쩍 바라보았다.

"진한 기운을 뿜는 걸 보니 네가 우두머리인 것 같군."

지금까지 만났던 엑스터급의 둔켈과는 모양새가 조금 달랐다.

덩치가 크긴 했지만, 다른 엑스터급 둔켈들처럼 거대한 정도는 아니었는데, 오히려 마이덴급의 둔켈과 흡사한 느낌이었다.

"크르릉!"

놈이 낮은 울음소리를 내자 다른 둔켈들이 물러났다.

벨드를 향해 붉은 눈동자를 모은 엑스터급의 둔켈이 몸을 움츠리며 힘을 주었다.

—우두두둑!

근육이 팽팽하게 부풀더니 손등과 팔꿈치에 날카로운 뼈가 솟아났고 발톱과 손톱이 더욱 길어졌다.

처음 본 형태의 둔켈이었기에 벨드는 흥분감과 긴장감이 교차되는 얼굴로 샤브레를 빼어들었다.

"격투형 둔켈인가 보군. 저런 놈도 있다니 새로운걸?"

'상급의 둔켈은 전투를 거듭할수록 다양한 모양으로 진화를 한다. 저 녀석은 아마 가즈아머들과 직접 전투를 벌이면서 진화한 녀석일 테지. 그런 만큼 격투술이 보통은 아닐 거다.'

"흐음, 명심하도록 하지."

벨드는 전신의 근육에 마도력을 잔뜩 퍼뜨렸다.

몸이 한결 가벼워졌음을 느꼈다.

벨드는 둔켈의 움직임과 공격 형태를 아직 알 수 없었기에 먼저 움직이지 않고 상대를 지켜보았다.

반면, 둔켈은 자신 있다는 듯 거침없이 움직이기 시작했다.

—타악!

둔켈이 땅을 딛고 빠른 속도로 벨드를 향해 뛰어들었다.

놈의 덩치를 생각했을 때, 벨드의 생각보다 훨씬 빠른 속도였다.

모습이 흐릿해질 정도의 속도. 바짝 신경을 곤두세운 벨드는 둔켈의 움직임을 주시했다.

—슈슉!

둔켈의 손톱이 휘둘러지며 몸을 갈라놓으려 했다.

벨드가 샤브레의 검면으로 자연스럽게 공격을 흘려내자 둔켈이 빙글 돌며 팔꿈치의 뼈로 벨드의 목을 찔렀다.

"이크, 위험하군."

벨드가 가볍게 몸을 뒤로 빼내자 순식간에 15멜리나 간격이 벌어졌다. 샤브레를 가볍게 돌린 벨드가 나직하게 말했다.

"이거 주도권을 주면 귀찮아지겠군. 먼저 공격해야겠다."

둔켈은 그의 말을 알아듣기라도 하듯 자세를 낮추며 방어 준비를 했다.

"크릉!"

"녀석, 내게 공격할 기회를 준다 이거냐? 하지만 후회할 텐데?"

몸 주변으로 냉기를 풍기던 벨드는 둔켈을 향해 빠르게 움직였다.

단 한 발자국의 움직임으로 둔켈의 바로 앞에 닿았다.

가볍게 뛰어 오른 벨드는 마도력으로 감싼 샤브레를 크게 휘둘러 둔켈을 양단하려 했다.

—휘익!

머리를 갈라오는 샤브레를 본 둔켈은 반사적으로 오른 팔꿈치 뼈를 들어 올려 막으려 했다.

—가각!

하지만 샤브레는 미스릴에 버금갈 정도로 단단한 둔켈의 팔꿈치 뼈를 반이나 자르고 들어왔다.

왼팔까지 들어 올리고 나서야 샤브레가 들어오는 것을 막아내었다.

하지만 그것이 전부가 아니었는데, 벨드의 무릎에서 날카로운 얼음줄기가 뻗어 나오며 둔켈의 가슴을 관통했다.

—푸욱!

둔켈이 움찔하는 사이 얼음을 끊어낸 벨드는 샤브레를 공중으로 던지곤 주먹을 쥐어 둔켈의 얼굴을 맹렬하게 가격했다.

—퍼벅! 퍽! 퍽!

마도력이 가득담긴 주먹에 둔켈의 두개골이 함몰되었다.

그리고 떨어지는 사브레를 받아 든 벨드는 둔켈의 상반신을 반으로 가르며 뒤로 물러났다.

머리가 함몰되고 상체가 반쪽으로 쪼개진 모습을 본 벨드는 이미 전투가 끝났다고 판단하며 샤브레를 집어넣었다.

"생각보다 쉬운데?"

'멍청한 녀석. 놈의 기운은 전혀 줄어들지 않았다.'

"뭐라고? 저렇게 너덜거리는데?"

믿기지 않는 듯 둔켈을 살피던 벨드.

과연 반으로 갈라져 흔들거리던 상체가 순식간에 붙으며 원상복구되었고, 움푹 꺼진 두개골도 불룩거리더니 원래대로 되었다.

"하아, 둔켈은 정말 괴물이군. 저 정도면 내핵이 파괴됐을 것이라고 생각했는데. 역시 엑스터급은 내핵이 딴 데 붙은 게 맞나 보군."

벨드가 아쉬운 표정을 짓고 있을 때, 둔켈이 괴성을 지르며 몸을 움츠렸다가 펼쳤다.

"크아아앙!"

놈의 근육이 찢어지는 소리가 나며 덩치가 더욱 크게 부풀었다.

—우두둑!

키는 비슷했으나 덩치가 두 배에 가까이 커진 모습을 본 벨드가 혀를 내둘렀다.

"뭐야, 변신까지 하다니. 멋진걸?"

둔켈은 자신의 강함에 자신이 있다는 듯 목과 팔을 이리저리 움직여 보였다.

그 모습을 본 벨드 역시 목 근육을 좌우로 풀며 중얼거렸다.

"계속 상대해 주고 싶지만 숲으로 들어온 인간들이 걱정되어서 빨리 끝내야겠다. 이 숲에는 너희 말고도 둔켈이 많은 것 같으니 말이야. 엘락, 접신을 사용해 보자."

'고작 이따위 녀석에게 접신을 사용하려고 하는 거냐?'

"익숙해질수록 접신 시간이 길어진다며? 그러니 평소에 자주 해봐야지. 그럼 부탁한다."

'흥! 똑똑히 보고 있어라. 전투가 뭔지 보여주마.'

"기대할게."

벨드는 전신의 힘을 풀었다. 가즈아머로부터 피부를 타고 들어오는 기묘한 힘을 느꼈다.

이미 몇 번 겪었지만, 나근하면서도 조금은 불쾌한 기분에 벨드의 미간이 찌푸러졌다.

그것도 잠시, 몸속에 거대한 태풍이 일듯 격정적인 힘이 생성되더니 온몸 구석구석으로 뻗어나갔다. 바로 엘락이 벨드의 몸을 잠식한 것이었다.

접신상태가 되자 바이저(Visor: 얼굴가리개)의 틈으로 푸르른 빛이 뿜어져 나오기 시작했다. 딛고 있는 땅 위로 서리가 뻗어 나갔다.

―스스슥!

엘락의 목소리가 외부로 흘러나왔다.

"어이, 거기 덩치! 기대해라. 네놈이 지금까지 느껴보지 못했을 짜릿함을 보여줄 테니까."

둔켈은 그의 말을 알아듣기라도 한 듯 그르렁거렸다.

벨드의 몸을 빌린 엘락이 샤브레의 날끝을 둔켈을 향해 가볍게 들어 올렸다.

샤브레가 진동하며 울음을 터뜨렸다.

―우우웅!

주변으로 매서운 냉기와 함께 강맹한 기운이 뿜어졌다.

둔켈은 차갑게 몰아치는 바람을 맞으며 본능적으로 움츠

러들고 있었다.

기선을 잡은 엘락은 부드럽게 움직였다.

아니, 부드럽게 움직인다고 느껴졌지만, 어느 순간 그의 형태가 사라졌다.

—사삭!

다시 모습을 드러낸 곳은 둔켈의 코앞이었다.

언제 샤브레를 휘둘렀는지도 모르게 둔켈의 가슴팍이 베어져 열렸다.

—슥!

검은 피가 튀거나 하진 않았다.

베어진 곳이 그대로 얼어붙어 고정되었는데, 그 때문에 둔켈의 회복력이 전혀 발휘되지 못했다.

가슴을 내려다보고서야 자신이 당했다라는 사실을 알게 된 둔켈이 엘락을 향해 손톱을 찔러오려 했다.

"샤브레의 장점 중 하나는 간격이 좁더라도 얼마든지 공격이 가능하다는 것이지."

엘락은 둔켈의 공격을 피하기는커녕 절대 우위의 속도를 이용해 둔켈의 양팔을 잘라내었다.

그리고 연속 동작으로 둔켈의 허벅지 근육을 잘라내어 균형을 빼앗았다.

너무나 단순한 동작이었지만, 잔상이 남을 정도의 빠르기,

금속처럼 단단한 엑스터급 둔켈의 뼈를 한번에 잘라낼 정도의 예리함은 대단한 것이었다.

"프로즌 스피어(Frozen Spear)."

땅 위로 얼음창이 솟아올라 앞으로 쓰러지려는 둔켈의 가슴을 꿰뚫어 고정시켰다.

둔켈의 등 뒤로 돌아온 엘락은 허리부근을 손으로 만져보더니 서슴없이 샤브레를 찔러 넣었다.

ㅡ푸욱!

붉은 눈동자가 광택을 잃었고, 둔켈의 입이 쩌억 벌어졌다.

"끄그극!"

샤브레를 매끄럽게 빼내자 얼음 조각을 몇 개 남기곤 둔켈의 몸이 허공에 흩어졌다.

ㅡ파앗!

엘락이 주변의 둔켈들을 둘러보며 말했다.

"나머지는 쉽게 처리할 수 있겠지? 나는 좀 쉴 테니 조금 있다가 보자고."

바이져에서 흘러나오던 푸른빛이 갈무리되었고, 몸 주변으로 내뿜던 기운이 사드라 들었다.

몸을 돌려받은 벨드는 전신이 무거워짐을 느꼈다. 정신이 돌아온 벨드가 투덜거렸다.

"정말 접신이 끝난 가즈아머는 정말 고철덩어리군."

접신이 끝나는 순간 신성계로부터 부여받은 신성력이 모두 소진되어 순간적으로 가즈아머의 기능이 마비된 것이었다.

다시 회복할 때까지는 벨드의 마도력으로 버티는 수밖에 없었다.

이것이 접신의 가장 큰 단점이라 할 수 있었다.

"남이 벌여놓은 사고를 내가 뒷수습 하는 느낌이라니까."

벨드는 마도력을 최대한 끌어 올렸다. 남은 10여 마리의 클래이급과 마이덴급의 둔켈들 사이에서 가즈아머의 힘이 돌아올 때까지 버텨야만 하는 것이다.

"그래도 이번은 아주 잠깐이니 그럭저럭."

벨드는 둔켈들에게 둘러싸이기 전에 먼저 움직였다.

냉기를 내뿜는데에 불필요한 마도력을 낭비하지 않았다.

오직 빠른 움직임과 샤브레의 예기를 극대화시키는데 그의 모든 마도력이 사용되어졌다.

―츠팟!

번쩍이며 사라진 벨드가 둔켈 한 마리의 목에 바람구멍을 만들었다.

옆의 둔켈이 산성 브레스를 뿜어내려는 것을 확인한 벨드는 둔켈의 벌어진 입으로 샤브레를 던졌다.

"크흥!"

칼날에 막혀 산성 브레스를 삼키는 둔켈을 본 벨드가 손을 뻗자 샤브레가 마도력에 이끌려 다시금 손아귀로 돌아왔고, 헛숨을 쉬는 둔켈의 머리를 단칼에 잘라냈다.

—스걱.

연이어 마이덴급 둔켈 몇 마리와 가벼운 공방을 주고받던 벨드는 마나폴의 마도력이 증폭됨을 느꼈다.

그리고 몸을 짓누르던 가즈아머의 무게가 사라졌는데, 엘락의 힘이 회복되었음을 알 수 있었다.

"아직 살아 있군."

엘락의 목소리를 들은 벨드가 가벼운 미소를 떠올렸다.

"네가 없더라도 이딴 놈들에게 당할 수는 없지. 그래도 거북이처럼 느려 터져서 답답했다고. 그럼 신성력도 돌아왔으니 한방에 끝내볼까?"

벨드는 둔켈들과의 거리를 벌리며 뒤로 물러섰다.

샤브레를 칼집에 넣은 그는 양손을 빠르게 내밀었다. 손바닥에 투명한 얼음 덩어리가 뭉쳐졌다.

"컨트럴드 벅샷(Controlled Buckshot)."

얼음덩어리는 폭발하듯 산산조각 나며 앞으로 쏘아져 나갔다.

—파아앙!

둔켈들이 본능적으로 위험을 느끼며 공격 범위를 벗어나

기 위해 움직일 때, 수백, 수천개의 얼음 조각들이 방향을 바꾸어 둔켈들의 표피로 박혀들었다.

—퍼벅!

저항 한번 해보지 못하고 소멸되는 둔켈들. 오직 벨드만이 그 자리에 서 있었다.

가즈아머를 해제한 벨드가 하늘을 올려다보았다.

"곧 어두워지겠군."

어둑해지는 하늘을 확인한 벨드는 서둘러 숲으로 들어온 사람들을 찾기 위해 달리기 시작했다.

CHAPTER
46
방랑자

평범해 보이는 마차 두 대가 숲의 길을 달리고 있었다.

해가 뉘엿뉘엿 넘어가면서 숲은 빠른 속도로 어두워졌다.

마차들은 그것을 의식하고 있는 듯 각각의 쌍두마를 재촉하는 중이었다.

—타가닥! 타가닥!

어느덧 숲에는 완전한 어두움이 내리깔렸다.

칼라탄 등에 의존해 달리던 마차들은 얼마 가지 못해 달리는 것을 멈출 수밖에 없었다.

—히이이잉!

선두 마차의 고삐를 쥐고 있던 덩치 큰 남성이 마차에서 내렸다.

그는 마차의 창을 열었다.

웃는 얼굴을 한 왜소한 체구의 중년인이 그곳에 앉아 있었다.

"가주(家主)님, 평원에서 마차 바퀴가 고장 난 것이 화근이었군요. 결국 오늘 숲을 빠져나가기 어렵겠는걸요? 위험하긴 하지만 이곳에서 야영을 해야 할 듯합니다!"

턱을 매만지던 중년인이 고개를 끄덕였다.

"흐음, 둔켈들이 걱정이긴 하지만 이대로 숲의 밤길을 달리는 것도 위험한 일이지. 크레인 자네의 뜻에 맡기겠네."

"네, 가주님."

크레인이라는 사내는 뒤의 마차를 향해 외쳤다.

"오늘 이곳에서 야영을 한다! '플로로'는 주변을 경계하고 나머지는 야영 준비를 해주게."

뒷 마차의 고삐를 잡고 있던 건장한 남성이 묵묵하게 고개를 끄덕이며 내렸다. 뒤에 타고 있던 하인들은 짐을 풀며 각자 야영 준비를 하기 시작했다.

모포를 꺼내어 깔고 음식 준비를 하였다. 타닥이며 타들어가는 모닥불 주변으로 일행이 둘러앉았다.

모두들 자신의 접시에 올려진 간단한 음식을 먹고 있을 때,

일행으로는 어울리지 않는 어린 소년이 주변을 두리번거렸다.

치기가 어린 얼굴에는 알지 못할 자신감이 흐르고 있었는데, 허겁지겁 빵을 뜯으며 맞은편에 앉아 있던 크레인을 향해 물었다.

"크레인 아저씨! 이곳 숲에도 둔켈들이 있을까요?"

스프를 떠먹던 크레인이 웃으며 대답했다.

"그건 저도 잘 모르겠습니다, 도련님. 하지만 아직 마주치지 않았으니 운이 좋다고 할 수 있겠죠."

"헤에, 솔직히 한 번쯤은 둔켈을 보고 싶기도 했는데. 아쉽네요."

크레인은 씁쓸한 미소를 지을 뿐 별말을 하지 않았다.

하지만 웃는 얼굴의 중년인은 표정을 굳히며 그를 나무랐다.

"쓸데없는 소리를 하는구나, 에이미! 둔켈이 얼마나 무서운 놈들인지 알고나 하는 소리인 게냐!"

에이미라는 소년은 잠시 우물거렸다.

"피, 당연히 잘 안다고요! 그래도 명색이 발로인의 룬아머러 초급 양성학교에 다니고 있으니까요. 그래도 크레인 아저씨와 플로로 아저씨는 엄청 강하니까 둔켈들과 싸우는 모습은 한번 보고 싶었다고요! 그러는 편이 룬아머러가 되는 데 큰 도움이 될 테니까요."

"쯔쯧! 둔켈은 그렇게 만만한 놈들이 아니라니까."

"역시, 할아버지는 너무 겁이 많다고요."

버릇없는 말이었지만 중년인은 별다른 말을 하지 않았다.

그가 기운이 없어 보이자 눈치를 살피던 크레인이 끼어들었다.

"도련님, 정식 룬아머러들도 둔켈들과 마주하는 것은 늘 두렵답니다. 하지만 놈들과 싸워야 하는 것이 룬아머러들의 숙명이니 두려움을 이겨내려고 노력하는 것이죠. 아마도 룬아머러가 되시면 가주님의 말씀이 무슨 뜻인지 알 수 있을 겁니다."

"그래도 크레인 아저씨는 전혀 무서워하지 않는 것 같은걸요?"

"허헛! 다 믿는 구석이 있어서 그렇습니다. 플로로의 감지력은 인간족 중에서는 굉장히 뛰어난 편이죠. 아마 500멜리 안에서는 토끼 한 마리 뛰어다니는 것도 알아낼 겁니다. 그러니 근처에 둔켈이 없다는 사실을 알고 여유를 부리고 있는 것이죠. 그렇지 않나, 플로로?"

큰 나무뿌리에 기대어 조용히 식사를 하던 플로로가 가볍게 고개를 끄덕이는 것으로 그의 말에 동의를 표했다.

중년인이 걱정스러운 얼굴을 하며 에이미를 바라보았다.

"에이미, 너는 그 진중하지 못한 성격이 문제란다. 남자라면 늘 생각을 깊게 해야 하는 법이다."

"피, 알겠다고요!"

에이미는 삐친 듯 빵과 식기를 내려놓으며 무언의 시위를 했다. 그 모습을 본 중년인은 엄한 얼굴로 말했다.

"식사를 계속 하거라. 밤중에 배가 고프면 잠을 푹 자지 못할 테니까. 시위를 해봐야 네게 손해일 뿐이다."

잠시 생각을 해보던 에이미는 할아버지의 말이 맞다고 생각했는지 다시금 식사를 시작했다.

참으로 유연한 사고를 가진 소년이었다.

식기를 내려놓은 크레인이 옷소매로 입가를 닦으며 말했다.

"그나저나 이번 여행은 정말 운이 좋은 것 같습니다. 이제 거의 루미트에 다 와가는데 둔켈과 한번도 마주치지 않았으니까요. 비상계엄령이 선포된 이후로 둔켈들에게 당한 상인이 굉장히 많은데 우리는 아주 잘 피해 다니고 있는 듯하군요."

중년인 역시 공감하는지 크게 고개를 끄덕였다.

"허헛! 그러게 말일세. 이것이 다 두 사람 덕분이지 않겠나? 이번에 루미트에 돌아가면 크게 사례하겠네."

"껄껄! 감사한 말씀이시군요."

그들이 대화를 나누고 있을 때, 멀지 않은 곳에서 수풀이 흔들리는 기척이 났다.

—사삭!

크레인과 플로로는 아주 숙련된 룬아머러들이었다.

—챠아아앙!

의심스러운 소리가 들려오자 거의 동시에 룬아머를 소환하며 무기를 꺼내 들었다.

크레인은 한손검과 방패를 쥐었고, 플로로는 끝이 휘어진 기이한 형태의 양손검을 사용했다.

마도력을 끌어 올리며 중년인과 에이미를 방어하기 위해 그 앞을 가로막았다.

크레인이 전성마법진을 통해 플로로에게 물었다.

"뭔가 기척이 없었나?"

"응, 생명체의 움직임이 전혀 없었어. 이상하군."

"내가 살펴보겠네."

눈을 가늘게 뜬 크레인이 방패를 앞으로 내밀며 수풀 쪽으로 조심스럽게 발걸음을 움직였다.

그때, 수풀이 좌우로 헤쳐지며 검은 그림자가 천천히 걸어 나왔다.

—차르르륵!

그나마 둔켈의 괴기스러운 그림자가 아니라 인간의 그림

자라는 점에서 크레인은 안도의 한숨을 내쉬었다.

"누구냐!"

그의 외침에 대륙 공통어로 대답이 들려왔다.

"아! 그렇게 경계하지 않으셔도 되요. 그냥 이곳을 지나가는 여행잡니다."

젊은 남성의 목소리. 그림자가 조금 더 다가오자 모닥불의 불빛에 모습이 드러났다.

검고 긴 머리카락이 헝클어져 있었고, 몸에 두른 망토는 지저분하고 많이 헤져 있었다.

여행자라기보다는 부랑자에 가까운 모습.

둔켈이 아님이 확인되자 크레인이 룬아머를 해제했다.

하지만 그의 갈색 눈동자에는 적개심이 아직 남아 있었다.

"여행자라고? 지금 같은 시기에 이 험한 숲을 혼자 여행하는 중이라니… 어디로 가는 길인가?"

머리를 긁적인 젊은 남성은 멋쩍은 미소를 지었다.

"음, 그렇게 말씀하신다면 여행자는 아닌가 보군요. 어디를 가는 것은 아니니까요. 그저 이 숲을 돌아다니고 있어요."

"이 험한 루겐트 숲을 그냥 돌아다니고 있었다고?"

그는 눈을 껌뻑거리며 되물었다.

"여기가 루겐트 숲인가요?

"자기가 있는 숲의 이름도 모르다니……."

"지리는 영 꽝이거든요. 좀 이상하게 보이시겠지만……."

"잘 아는군. 우리에게 접근한 이유는 뭔가?"

마침 잊고 있던 것이 생각났다는 듯 활짝 웃으며 대답했다.

"밤이 돼서 잠을 자려고 했는데, 향긋한 음식 냄새가 나서 따라와 본 겁니다. 거의 두 달 동안 제대로 된 음식을 먹어본 적이 없거든요. 그래서 말인데, 여유분이 좀 있으시면 먹을거리 좀 나눠 주실 수 있겠습니까?"

뻔뻔한 태도에 크레인이 헛웃음을 터뜨렸다.

"참, 염치없는 젊은이로군."

아무리 봐도 찝찝했기에 거절을 하려던 찰나 중년인의 목소리가 들려왔다.

"으음, 얼굴을 보아하니 나쁜 사람 같지는 않구먼. 먹을 것은 충분히 있으니 괜찮다면 이쪽으로 와서 같이 들게."

"가… 가주님!"

크레인이 만류하려 했지만, 젊은 남성의 행동이 한발 더 빨랐다.

어느새 크레인을 지나쳐 모닥불 근처에 털썩 앉아버린 것이다.

"아, 감사합니다."

건네주는 접시를 받은 그는 앞뒤 가리지 않고 허겁지겁 음식을 입에 넣기 시작했다.

"아그적! 아그적! 정말 오랜만에 먹는 짭쪼름한 음식이군요."

정신없이 먹는 모습을 불만스러운 표정으로 바라보던 크레인이 건너편에 앉으며 말했다.

"음식을 얻어 먹기 전에 이름이라도 밝히는 것이 예의가 아니냐?"

볼이 불룩해진 그는 가슴을 두들기며 음식물을 삼켰다.

"컥컥! 죄송합니다. 너무 오랜만에 먹는 요리라 경우가 없었네요. 저는 베르난드 길버트. 발로인에서 이곳까지 왔습니다."

벨드의 소개를 듣던 중년인이 웃으며 말했다.

"반갑군. 나는 루미트에서 장사를 하는 벤스터라고 하네. 이 아이는 내 손자인 에이미, 방금 만난 룬아머러들은 우리의 호위를 맡고 있는 크레인과 플로로. 그리고 하인들이지."

눈인사를 건넨 벨드는 자신의 식기를 가리키며 쑥스러운 웃음을 지었다.

"소개가 끝나셨으면 조금 더 먹어도 될까요? 배가 차기에는 아직 양이 조금 부족한 듯해서 말이죠."

벤스터는 너털웃음을 터뜨렸다.

"허헛! 얼마든지 들게. 정말 넉살이 좋은 청년이로군."

하인이 떠주는 스튜와 빵 조각을 받아 든 벨드가 한입 떠먹으며 대답했다.

"원래는 이런 성격이 아니었는데 환경이 사람을 변하게 만든다고 하는 게 괜한 말이 아니었나 봅니다. 하핫! 일행분들은 어디로 가시는 중이시죠?"

"나는 루미트에서 물 건너 온 향신료를 취급하는 상인일세. 좋은 물건이 들어와 거래를 위해 발로인으로 갔는데, 둔켈들의 침공이 이어져서 옴짝달싹 못했지. 이제 조금 둔켈들의 공격이 뜸해져 큰마음을 먹고 루미트로 돌아가는 길이라네."

"포탈라인을 이용하지 않으시고 굳이 마차로 이동하는 이유가 있으신가요? 둔켈들 때문에 위험할 것이라는 것을 잘 아셨을 텐데 말이죠."

"전시상황이라 민간인의 포탈라인 이용이 제한된다네. 군 관련자들만 포탈라인을 이용할 수 있지. 그러니 우리는 대안을 찾을 수밖에 없었다네."

음식을 먹으며 이야기를 듣던 벨드가 은근한 목소리로 물었다.

"저, 발로인의 소식을 좀 들을 수 있을까요?"

"아, 발로인을 떠나온 지 제법 되어 소식을 전혀 모르고 있겠구먼."

"네, 그렇지 않아도 조만간 돌아가야 하는데 둔켈들의 침공은 어떤 상황인지 알고 싶어서요."

"두 번의 침공 후에 잠시 소강상태라네. 발로인의 방어를 맡고 있는 붉은 랜스 길드는 둔켈 침입경로를 찾고 있다고 발표했지만, 이렇다 할 실적은 없었다더군. 그리고는 발로인 근교에서 발견된 둔켈들과의 소소한 교전이 다였다네. 물론 그것도 며칠 전의 이야기지만…."

벨드는 자신이 떠나오던 때와 상황이 크게 변하지 않았다는 사실에 안도감을 느꼈다.

"다행이로군요."

벤스터의 얼굴에 근심이 걸렸다.

"그나저나 큰일이지. 이런 상황이 언제까지 이어질지 모르는 상황이니…. 발로인뿐만 아니라 헤일런의 국민 전체가 공황상태에 빠져 있으니 우리 같은 상인들은 피해가 이만저만이 아니야."

벨드는 빵 조각을 입에 넣으며 고개를 끄덕였다.

궁금증을 해소한 그는 자연스럽게 대화의 주제를 돌렸다.

"손자분 역시 상인으로의 교육 때문에 함께인 건가요?"

벤스터가 뭐라고 소개를 하려고 할 때 에이미가 직접 끼어들었다.

"상인이라니요! 그런 시시한 일은 전혀 관심 없어요. 남자로 태어났다면 당연히 룬아머러가 되어야죠! 룬아머러가 되기 위해 발로인의 초급 룬아머러 양성학교를 다니는 중이에요! 지금은 학교가 잠시 휴교 중이라 고향으로 가는 중이고요."

"호오, 대단한걸? 룬아머러가 되려면 무지하게 용감해야 하는 거잖아?"

벨드가 슬쩍 떠보자 에이미는 고개를 크게 끄덕였다.

"물론이죠! 제 핏속에는 전사의 용기가 들끓고 있으니까요."

"아아! 대단하군. 어디 전사님의 이름이라도 들어볼까?"

"에이미 오헨리! 앞으로 유명해져서 룬아머러 잡지에서 자주 보게 될 이름이니 잘 기억해 두세요."

"뭐, 그런 잡지를 잘 보진 않지만 잘 기억해 두마."

벨드가 맞장구를 쳐주자 의기양양해진 에이미는 한술 더 떴다.

"이렇게 만난 것도 인연인데 서명이라도 한 장 해드릴까요?"

"하… 하! 내게는 그다지 필요 없을 것 같다."

"체면 차리지 말고요! 제가 서명을 해드릴 테니 잘 보관하세요!"

그렇게 이야기한 에이미는 자신의 짐에서 종이와 펜을 꺼냈다.

그리곤 오랫동안 연습한 서명을 정성스럽게 해 벨드에게 건네주었다.

벨드는 어쩔 수 없이 고맙다는 말과 함께 서명 쪽지를 받을 수밖에 없었다.

조금 떨어진 곳에서 대화 중인 벨드를 곁눈질로 살피는 플로로. 조용히 식사를 하던 그는 참지 못하고 곁의 크레인에게 낮은 목소리로 말했다.

"뭔가 이상한 녀석이군."

"아, 나도 그렇게 생각하고 있어. 대체 왜 이런 숲 속을 혼자 여행하고 있는 거지?"

"그런 말이 아니야."

"그럼?"

"저 녀석이 근처에 다가오기 전까지 내가 전혀 기척을 눈치채지 못했어. 조금 과장한다면 감지반경 내에서는 개미가 나뭇잎 밟는 소리까지 들을 수 있는 나인데 말이지."

크레인이 플로로의 얼굴을 물끄러미 바라보았다.

"흐음, 너무 큰 움직임에 집중하고 있었던 것 아닌가? 둔켈들만 경계를 하고 있었으니……."

"물론 그런 것도 있겠지만……."

"아니면 피로가 쌓여서일지도 모르지. 원래 감각은 피로에 따라 무뎌지곤 하니까. 너무 신경 쓰지 말게. 기껏 해봐야 좀도둑 정도일 테니……. 내가 잘 감시하도록 하지."

"……."

별일 아니라는 듯 이야기하는 크레인의 말에 플로로는 아무런 대답을 하지 않았다.

어느새 식사를 끝낸 벨드가 식기를 내려놓으며 배를 두들겼다.

"푸하! 잘 먹었습니다. 이 은혜를 어떻게 보답하죠? 지금 주머니에 가진 것이 전혀 없거든요."

벤스터는 손을 내저었다.

"별로 보답을 바란 것도 아니니 개의치 말게. 이런 곳에서 둔켈이 아닌 인간을 만난 것만 하더라도 반갑기 그지없으니까."

잠시 생각을 해보던 벨드가 제안했다.

"흠, 그럼 이렇게 하시죠. 제가 이 숲을 빠져나갈 때까지 안내를 해드릴게요."

그의 말에 크레인이 코웃음 쳤다.

"어차피 길을 따라 달리면 숲을 빠져나갈 수 있는데 무슨 안내를 한다는 말이냐?"

벨드는 어깨를 으쓱거렸다.

"지금 이 길을 따라 반나절쯤 가시면 나무가 수십 그루 쓰러져서 길을 막고 있을 거예요. 둔켈과 누군가 전투를 벌였던 흔적인 것 같았어요. 결국 나무를 치우는 데 시간을 낭비하거나 길을 돌아가야 될 텐데 운이 나쁘면 둔켈들과 만날 수도 있다고요."

"흥! 혹시 우리를 이상한 곳으로 끌어들이려는 속셈일지도 모르는 널 믿으라는 게냐?"

벤스터가 손을 들어 올려 크레인의 말을 막았다.

"그렇게 닦달하지 말게나. 왠지 이 청년에게 믿음이 가는군. 이런 상황에서는 조금이라도 더 잘 아는 사람이 큰 도움이 되는 법이지."

벨드가 빙긋 웃어 보였다.

"믿어주시니 감사합니다."

"아닐세."

식사를 끝낸 일행은 각자의 모포를 꺼내었다.

벨드는 헤진 망토를 몸에 두르는 것만으로 잠잘 준비를 끝냈다.

눅눅한 땅에 마른 나뭇잎들을 평평하게 깐 그는 가볍게 몸을 뉘였다.

문득 자신을 바라보는 시선을 느낀 벨드가 고개를 돌렸다.

쓰러진 나무 기둥에 기대어 모포를 끌어당긴 에이미가 호기심 어린 표정으로 바라보고 있었다.

"왜 그렇게 보는 거지?"

말을 건네자 에이미가 기다렸다는 듯 물었다.

"형은 발로인의 어디에 있었어요?"

잠시 생각해 보던 벨드가 머리를 긁적이며 대충 둘러대었다.

"직업학교를 다녔었지. 둔켈이 침공해서 휴교 상태가 되긴 했지만 말이야. 네가 다니던 초급 룬아머러 양성학교는 어떤 곳이지?"

벨드는 대충 얼버무리며 화제를 돌렸고, 에이미는 별 의심 없이 벨드의 의도에 응해주었다.

"뭐, 룬아머러가 되기 위한 기초 교육을 받는 곳이에요. 제국 전역에서 룬아머러로서 자질이 있는 아이들을 뽑아서 특수교육을 하는 곳이죠. 저 역시 자질을 인정받아서 입학한 것이고요."

"호오, 그래? 보통이라면 집안의 일을 이어서 상인이 되는 편이 편할 텐데 특별히 룬아머러가 되고 싶은 이유가 있는 거야?"

에이미의 표정이 딱딱하게 변했다.

"전 상인 따위는 되고 싶지 않아요. 할아버지 같은 겁쟁이나 상인이 되는 거라고요!"

벨드는 에이미의 마음속에 뭔가가 있음을 느낄 수 있었다.

"난 상인이 겁쟁이라고 생각하지 않는걸? 이렇게 위험한 시기에 목숨을 걸고 여행을 하는 사람을 겁쟁이라고 할 수 있을까?"

"흥! 다 크레인 아저씨와 플로로 아저씨가 있기 때문에 상인들이 여행을 할 수 있는 것이라고요! 알지도 못하면서."

"참, 내가 알던 어떤 녀석과 비슷한 이야기를 하는군. 내용은 조금 다르지만."

더 이상 이야기를 해봐야 에이미의 감정이 격해질 뿐이라 생각한 벨드가 말을 돌렸다.

"그럼 초급 룬아머러 양성학교를 졸업한 이후에는? 바로 룬아머러가 되는 거냐?"

에이미는 한심하다는 얼굴로 벨드를 바라보았다.

"정말 형은 아무것도 모르는군요? 룬아머러가 그렇게 쉽게 될 리가 없잖아요. 졸업을 하면 시험을 봐서 황립 룬아머러 아카데미에 입학하게 돼요. 물론 엄청 어려운 시험을 봐야 하지만 저라면 전혀 문제 안 될걸요? 학년 석차 10등 밖으로 밀려난 적이 없으니까요!"

"정말 대단하군. 넌 둔켈이 무섭지 않은 거야?"

"둔켈이 무서웠으면 룬아머러가 되고 싶다는 생각도 하지 않았을걸요? 그깟 둔켈 따위 전혀 무섭지 않아요! 전 꼭 강해져서 광창 슈반스님 같이 위대한 룬아머러가 될 거예요!"

벨드는 이런 곳에서 슈반스의 이름을 들을 것이라 생각지도 못했다.

발로인에서 마지막으로 본 슈반스의 얼굴이 눈앞에 떠올랐다.

조금은 우울해진 얼굴. 에이미는 그런 변화를 전혀 눈치채지 못한 듯했다.

"그런데 형은 왜 혼자서 이런 숲을 여행하는 것이죠? 그것도 둔켈들이 득실거리는 이런 때에……."

벨드는 그제야 원래의 표정을 되찾으며 대답했다.

"글쎄… 뭔가를 찾기 위해서 여행 중이야."

"이런 숲에서 뭘 찾는데요?"

"나 자신?"

"피, 그게 뭐예요."

"흐음, 그렇게밖에는 설명할 수가 없는걸?"

"그래서 찾으셨어요?"

잠시 허공을 바라보며 생각해보던 벨드가 고개를 끄덕였다.

"조금 보인 것 같아. 조만간 이 여행도 끝내야겠지."

"으음, 그렇군요."

벨드가 상체를 뉘이며 말했다.

"이제 그만 자는 게 좋겠다. 숲에서 잠을 잘 못자면 몸이 엉망이 돼버리니까."

"저야 워낙 튼튼해서 상관없지만, 형의 조언을 받아들이도록 하죠! 형도 잘 자요!"

에이미는 씩씩하게 대답하곤 자신의 모포를 끌어당기며 잠자리에 들었다.

"훗, 그래."

참 특이한 소년이라고 생각한 벨드 역시 내일을 위해 눈을 붙였다.

CHAPTER
47
추격전

Master of Fragments

다음 날, 해가 떠오르자 나무 사이로 빛이 스며들었다.

누가 깨운 것은 아니지만 일행은 하나둘씩 일어나 짐을 챙겼고, 말에게 여물을 먹였다.

나뭇잎이 묻은 망토를 툴툴 털고 일어난 벨드가 주변을 둘러보았다.

팔짱을 끼며 주변을 경계하던 크레인이 못마땅한 얼굴로 벨드를 바라보고 있었다.

어찌 보면 당연한 반응이었기에 벨드는 별다른 내색을 하지 않았다.

별달리 할 일이 없었던 벨드는 에이미에게 다가갔다.

"잘 잤어?"

대답은 에이미의 얼굴에서 쉽게 찾을 수 있었다.

눈 밑이 어두워져 있는 것이 영 불편해 보였다.

"잠을 완전히 설친 모양이구나?"

"괜찮아요. 그냥 짐승들 소리가 시끄러워서 신경이 쓰였을 뿐이에요!"

"후훗! 솔직히 좀 무서웠던 것 아니냐?"

"누… 누가 무서워했다고 그러는 거예요! 아니라고요!"

버럭 화를 낸 에이미가 벨드를 째려보더니 다시 하던 일을 했다.

빠르게 자리를 정리한 벤스터 일행의 마차가 움직이기 시작했다.

벨드는 마차를 모는 크레인의 옆자리에 앉았다.

크레인의 떨떠름한 얼굴이 노골적이었지만, 벨드는 별로 신경 쓰지 않았다.

루겐트 숲은 서쪽으로는 페르민, 북쪽으로는 하이멜, 남쪽으로는 케스커드에 연결된 숲이었다.

넓고 깊은 숲이었지만, 가로질러 가는 지름길이 많았기에 사람들의 왕래로 인해 거미줄 같은 길이 만들어져 있었다.

벨드는 주변을 살피며 크레인을 안내하는 중이었다.

"여기서 왼쪽 길로 가시면 됩니다. 그러면 나무가 쓰러진 곳을 우회해서 원래의 길이 나올 거예요."

크레인이 퉁명스러운 목소리로 대답했다.

"알겠다."

뭔가 분위기 전환이 필요하다고 생각한 벨드는 말의 고삐를 당기며 마차의 방향을 바꾸고 있는 크레인을 향해 자연스럽게 물었다.

"혹시 에이미는 할아버지와 사이가 별로 좋지 않나요?"

"그것은 왜 묻는 것이지?"

"뭐, 할아버지가 상인인데 본인은 상인을 굉장히 싫어하는 느낌이라서."

침묵을 지키던 크레인이 나직이 말했다.

"너와는 상관없는 일이니 신경 쓰지 마라."

"제법 가야 할 텐데 조용히 있으려니 심심해서 말이죠. 어제 몇 마디 나눠보니 벤스터 어르신도 좋은 분 같은데 에이미는 할아버지와 거리가 있는 게 안타깝네요."

마차를 몰며 잠시 조용히 있던 크레인이 입술을 떼었다.

"벤스터 가주님은 아주 좋으신 분이시다. 그것은 의심할 나위가 없지."

"그럼요?"

벨드의 얼굴을 곁눈질로 보던 크레인이 천천히 말을 이

었다.

“에이미가 어렸을 때, 에이미의 부모는 가주님의 명을 받아 에힐란드로 출장을 가셨다. 그 당시 에힐란드와 헤일런 연방왕국의 외교관계가 좋지 않을 때였기에 상당히 위험한 상황이었지.”

“으음, 그럼에도 벤스터 가주님께서 두 분을 보내신 것이로군요.”

크레인의 고개가 끄덕여졌다.

“결국 에이미의 부모는 에힐란드의 강경 세력에 붙잡혀 주검으로 돌아올 수밖에 없었지. 벤스터 가주님은 그에 속죄를 하며 에이미와 누나인 쥬리엘을 성심껏 키우셨지만, 에이미만은 가주님을 원망하며 늘 거리를 두고 있지. 저렇게 상인이 되길 완강히 거부하면서 말이야.”

“흠, 그렇군요. 벤스터 가주님도 참 어려우시겠네요. 철없는 손자를 기르시려니…….”

벨드가 혼잣말을 하고 있을 때, 귓속으로 엘락의 목소리가 들려왔다.

벨드의 눈동자가 반짝였다.

그 자리에 선 벨드는 흘러가는 주변의 광경을 둘러보며 크레인에게 외쳤다.

“크레인 씨, 달리는 속도를 높이세요! 최대한 빨리 숲을 빠져나가야 해요!"

대화를 나누다 말고 갑자기 외치는 벨드를 바라보았다.

"갑자기 무슨 말이냐!"

"둔켈들이 따라오는 중이에요."

둔켈이라는 말을 들은 크레인의 표정이 심각하게 굳었다.

"네가 그것을 어떻게 아는 것이지?"

"그건 중요한 게 아니잖아요! 후방 1켈리, 수는 다섯 마리. 모두 마이덴급이에요."

"뭐라고?! 넌 대체 정체가 뭐란 말이냐! 잠시 고삐 좀 잡고 있어보거라."

벨드는 얼떨결에 고삐를 건네받았다.

지금까지 마차를 몰아본 적이 없었기에 당황했지만, 큰 문제가 없을 테니 넘겨줬을 것이라 생각하고 침착했다.

마부석에 올라선 크레인이 지붕 너머로 뒷 마차를 바라보았다.

"플로로! 둔켈의 낌새는?"

말발굽 소리로 인해 시끄러웠지만 그의 목소리는 정확하게 전달되었다.

뒷 마차의 차창이 열리며 플로로가 몸을 드러냈다.

"무슨 소리인가? 갑자기? 둔켈의 낌새가 전혀 없는……."

그렇게 이야기하던 플로로의 말이 끊어졌다. 급히 뒤쪽으로 고개를 돌린 그가 다급하게 외쳤다.

"치잇! 후방 둔켈 다섯 마리다! 어느 정도 되는 녀석들인지는 알 수 없어!"

"모두 마이덴급이다!"

"그걸 어떻게 알았지?"

크레인이 마차를 몰고 있는 벨드를 한 번 쓸어보더니 플로로에게 대답했다.

"그건 나중에 이야기하지. 따라오는 둔켈이 더 큰 문제니까. 놈들을 상대하는 것은 어렵지 않겠지만, 마차들이 표적이 된다면 이야기가 달라진다! 마차를 서둘러 숲에서 내보내야 해!"

"알겠네!"

그들의 대화를 듣고 있던 뒷마차 마부의 안색은 사색이 되었다.

플로로가 날렵한 몸놀림으로 도약하더니 마차의 지붕으로 올라섰다.

—차앙!

쇳소리가 나며 짙은 갈색계열의 룬아머가 그의 몸을 둘러쌌다.

양쪽 허리로부터 양손검을 빼어 든 그가 예리한 눈동자로 후방을 살피기 시작했다.

"점차 간격이 좁혀진다! 숲을 벗어나려면 얼마나 남았지?"

플로로의 외침을 들은 크레인이 벨드를 내려다보며 물었다.

"이봐, 얼마나 남았지?"

"3켈리 이상은 달려야 해요!"

잠시 생각을 하던 크레인이 말했다.

"나와 플로로가 둔켈들의 추격을 막아내겠다. 네가 마차를 몰거라."

그제야 벨드가 당황한 얼굴을 했다.

"하지만, 마차를 몰아본 적이 없다고요!"

"지금 잘 몰고 있잖아? 그렇게 달리면 된다."

"멈추는 법도 모른다고요!"

"멈추지 말고 달리라는 말이야! 우리가 놈들을 막아보겠지만, 다섯 마리를 한꺼번에 상대할 수는 없겠지. 우리의 방어를 뚫는 녀석이 있을지도 모르니 무조건 도망쳐야 한다!"

더 이상 들을 것도 없다는 듯 크레인은 푸른색의 룬아머를 소환하며 마차에서 훌쩍 뛰어내렸고, 플로로 역시 마차 지붕에서 가볍게 뛰어내려 크레인의 옆에 섰다.

그들의 모습이 빠르게 멀어지기 시작했다. 벨드는 고삐를 잡은 채 어쩔 줄을 몰라 했다.

"아, 갑자기 고삐를 줘버리면 내가 움직일 수가 없잖아. 이거 난처하군."

—툭툭!

객실과 연결된 창에서 소리가 나더니 차창이 열리며 벤스터의 목소리가 들렸다.

"베르난드 군, 크레인과 플로로가 왜 마차에서 내린 겐가?"

잠시 우물거리던 벨드가 대답했다.

일행의 수장인 그가 당연히 알아야 한다고 생각했기 때문이다.

"지금 둔켈 다섯 마리가 우리를 추적 중이에요. 두 분이 놈들의 추적을 막기 위해 제게 마차를 맡긴 것이죠."

평온하게 웃는 상이던 벤스터의 얼굴이 창백해졌다.

"그… 그런, 지금까지 둔켈을 만나지 않고 잘 왔다 생각했는데, 결국 이렇게 되는군."

그런 할아버지의 마음을 아는지 모르는지 에이미의 얼굴이 격앙되었다.

"둔켈이 쫓아오고 있다고요! 우와! 둔켈을 한번 보고 싶은데!"

"에이미! 무슨 철없는 소리냐! 행여라도 그런 소리 하지 말거라!"

"칫! 알겠다고요."

벨드가 벤스터를 향해 물었다.

"저, 그보다 마차를 몰 줄 아시나요?"

"으음? 뭐 상인이다 보니 짐마차를 오랫동안 몰았었지."

"그럼, 이 마차를 좀 몰아주실 수 있을까요? 제가 마차를 몰아본 적이 없어서……."

"이크! 그럼 우리가 마차를 몰아본 적도 없는 자네에게 목숨을 맡기고 있었던 겐가? 둔켈에게 당하기 전에 마차 사고로 죽겠구먼."

눈살을 찌푸린 벤스터가 달리는 마차의 문을 열었다.

바람을 맞으며 마차의 난간을 잡고 마부석으로 온 벤스터가 벨드에게 고삐를 건네받았다.

"이제 되었네. 일단 급한 위험은 피한 것 같구먼, 허헛!"

"그러게 말입니다. 전 뒤를 확인하고 있겠습니다."

"제발 두 사람이 잘 막아줘야 할 텐데."

마차 안의 에이미는 뚱한 표정으로 꿍시렁거리는 중이었고, 벨드는 그 자리에서 일어나 마차 후방을 보며 둔켈들의 움직임을 유심히 감지하기 시작했다.

*　　*　　*

크레인과 플로로가 무기를 빼어 든 채 자신들이 지나온 방향을 바라보고 있었다.

숨을 내쉬며 가슴을 진정시키고 있는 크레인의 귓가에 플로로의 목소리가 일정한 간격으로 들렸다.

"300멜리… 250멜리… 200멜리… 150멜리……."

더 이상 플로로의 목소리가 필요 없는 듯했다. 이제 저 멀리 나무와 수풀들이 거칠게 움직이며 시야에 들어왔기 때문이었다.

크레인이 나직하게 중얼거렸다.

"왔나?"

—콰아아아악!

저 멀리 낮은 수풀이 뜯겨져 나가며 나뭇가지들이 사방으로 튀었다.

그곳에는 검은 피부를 드러낸 둔켈들이 붉은 눈동자를 빛내며 달려오는 중이었다.

크레인과 플로로의 손에 힘이 들어갔다.

—뿌드득.

정체되어 있던 공기를 타고 둔켈의 울음소리가 숲 속으로 넓게 퍼졌다.

"카아아앙!"

그들을 발견한 둔켈 한 마리가 허공으로 뛰어올라 나무 기둥을 밟고 빠른 속도로 달려왔다.

전면으로 달려오는 둔켈을 그대로 상대했다가는 힘에서 밀린다는 사실을 아는 플로로가 마주 보며 달려나갔다.

"그래, 한번 붙어보자!"

양손검을 자연스럽게 돌리며 가벼운 몸놀림으로 뛰어오른 플로로는 순식간에 둔켈과 마주했다.

갑작스럽게 다가온 플로로를 본 둔켈이 오른 손톱을 휘둘렀다.

플로로의 양손검이 교차되며 둔켈의 손톱을 막아냈지만, 그 힘으로 인해 몸이 짓눌렸다.

—그그극!

마도력을 끌어 올려 둔켈의 힘에 대항할 때 둔켈의 왼손이 그의 배를 헤집으려 찔러왔다.

플로로는 양손검을 교차시킨 채로 몸을 뒤틀었다.

—까각!

그 힘에 양손검에 껴 있던 손톱이 부러져 나갔고, 배를 찔러오던 둔켈의 왼 손톱이 룬아머에 아슬아슬하게 스치며 지나갔다.

플로로의 몸이 회전하며 양손검이 둔켈의 목줄기를 베기 위해 움직였다.

—쉬이이익!

하지만 둔켈의 거대한 몸이 빠른 속도로 물러나며 뒤쪽 나무 기둥에 발톱을 박고 매달렸다.

"크르르르르."

붉은 눈동자를 이리저리 굴리던 둔켈이 오른손을 허공에 휘둘렀다.

부러졌던 손톱이 다시 솟아났다.

그 옆으로 다른 네 마리의 둔켈이 지나쳤지만, 플로로는 언제 눈앞의 둔켈이 덤벼들지 모르는 상황이었기에 섣불리 움직일 수 없었다.

"크레인! 다른 놈들을 부탁하네!"

뒤쪽에서 상황을 지켜보던 크레인이 투덜거렸다.

"고작 한 놈 맡아놓고 나머지 네 마리를 나에게 넘기다니……."

"이놈을 빨리 처리하고 도와주겠네. 너무 툴툴거리지 말라고. 최대한 빠르게 정리해야겠어!"

"당연한 소리 그만하고 어서 움직여!"

플로로가 작심한 듯 마도력을 잔뜩 끌어 올리더니 튕기듯 둔켈을 향해 뛰어올랐다. 푸르른 마도력이 양손검날 위로 1셀리가량 맺혔다.

둔켈이 나무 기둥을 발로 차며 덤벼들었다.

그 모습을 본 플로로가 몸 주변으로 양손검을 어지럽게 회전시키더니 둔켈의 전신을 난도질하기 시작했다.

—차라라락!

플로로의 양손검은 수많은 푸른 궤적을 만들어내며 둔켈의 가슴과 사지를 파고들었고, 두터운 가죽이 저항감 없이 매끈하게 잘려 나갔다.

—서걱! 서걱!

둔켈의 짓무른 피부에서 검은 피가 사방으로 튀었다.

놈의 가슴이 잘려 나가며 가슴뼈가 드러났다.

플로로는 그 사이로 폐부가 부풀어 오름을 확인했다.

입김을 내뱉으려 한다는 사실을 눈치챈 플로로가 둔켈의 무릎을 밟으며 뛰어올랐다.

둔켈의 어깨 위로 양손검을 엇갈려 얹으며 목을 베어냈다.

—서걱!

둔켈의 흉측한 머리는 땅으로 떨어졌고, 잘려진 부위로부터 독성을 띤 브레스가 뿜어져 올라왔다. 플로로가 발로 가슴을 차내며 뒤로 물러섰다.

—차악!

땅에 내려선 그는 목이 달아난 둔켈을 보지도 않고 크레인을 향해 몸을 날렸다.

크레인은 자신을 향해 달려오는 둔켈들을 향해 방패를 던졌다.

"이거나 받아보거라!"

둥근 형태의 방패 테두리로 검날이 박혀 있어 방어를 위한 도구라기보다는 공격용 무기로 사용하고 있었다.

—촤라라라락! 쿠웅!

방패는 굵직한 나무를 쓰러뜨리며 둔켈의 움직임을 방해하는 중이었다.

어차피 1대 4로 맞붙어봐야 모두 막을 수 없다는 사실을 너무나 잘 알았기에 플로로가 오기를 기다렸던 것이다.

크레인이 방패를 다시 받아 들 때, 쓰러지는 나무를 대수롭지 않게 베어내며 둔켈들이 달려 나왔다. 놈들은 크레인을 귀찮은 적이라고 판단했는지 두 마리가 한꺼번에 달려들었다.

"크앙!"

선두에 선 둔켈이 휘둘러 오는 손톱을 방패를 들어 막았다.

불꽃이 튀며 미스릴 합금으로 만든 방패의 표면에 둔켈의 손톱자국이 깊게 생겼다.

"치잇!"

땅을 딛고 있던 크레인의 발이 30셀리 정도나 밀렸다.

방패로 둔켈을 밀어내려 했지만, 특이하게 힘이 좋은 놈이었기에 꿈쩍을 하지 못했다.

"언제부터 마이덴급 둔켈이 이렇게 힘이 좋아졌지?"

이대로 방패를 빼낼 수도 없는 상황이었기에 한손검을 방패 아래로 찔러 넣어 둔켈의 배를 노렸다.

둔켈은 이미 크레인의 공격을 예측했다는 듯 뛰어올라 검을 피했고 그의 뒤로 움직이며 크레인의 등 뒤를 베었다.

—까각!

둔켈의 손톱이 크레인의 룬아머에 세 줄의 손톱자국을 선명하게 냈다.

그렇다고 해서 뒤로 몸을 돌릴 상황도 아니었는데 뒤따라오는 둔켈의 움직임이 빨랐기 때문이었다.

방패를 왼팔에 걸고 뒤편의 둔켈의 공격을 빠르게 막았다.

뒤따라온 둔켈을 확인한 그는 빠르게 검을 휘두르기 시작했다.

하지만 자잘한 상처 따위는 신경 쓰지도 않는 놈들이었기에 노골적인 공격에 크레인은 순식간에 밀리기 시작했다.

그러는 사이 남은 둔켈 두 마리가 마차를 쫓기 시작하는 모습을 보자 더욱 조급해졌다.

"플로로! 놈들이 마차를 쫓기 시작한다!"

플로로의 목소리가 가까운 곳에서 들렸다.

"당연하지, 우리 두 명을 죽이느니 마차의 일행이 숫자도 많고 손쉬울 테니까. 어서 끝내고 뒤쫓자고!"

어느새 따라온 플로로는 크레인이 상대하고 있는 둔켈의 뒤로 달려들어 등에 양손검을 찔러 넣었다.

—푸욱!

손목을 뒤틀며 상처를 헤집은 그는 검 하나를 빼어 들어 목줄기에 박아 넣었다.

검은 피가 튀며 둔켈의 입이 하늘을 향해 쩍 벌어졌다.

그것을 확인한 크레인은 타이밍을 맞추어 반대쪽 둔켈을 향해 방패를 던졌다.

둔켈의 붉은 눈동자가 번뜩이면서 자신을 향해 날아오는 방패를 팔로 쳐냈다.

—카앙!

바깥으로 벌어진 둔켈의 팔을 놓치지 않고 베었다.

둔켈의 피가 사방으로 뿜어졌다.

검을 거꾸로 바꿔 잡으며 비어 있는 옆구리에 검을 박아 넣었다.

—푸슉!

검을 놓고 몸을 날린 크레인은 바닥에 떨어진 방패를 던졌다.

나뭇가지를 잘라내며 날아간 방패는 둔켈의 목을 깨끗하게 잘라내었다.

목을 잃은 둔켈이 허우적거리자 검은 피가 사방으로 튀었다.

플로로가 다가와 크레인의 손을 잡아 일으켜 주었다.

"늙었군. 고작 마이덴급 한 마리에 쩔쩔매다니."

"팀웍이라는 거지. 누가 처리하든 결과가 중요한 거야."

크레인의 검을 주워 던져준 플로로가 양손검을 다시 치켜 세웠다.

"어서 나머지 두 놈을 따라가자고. 벌써 300멜리나 벌어져 있어."

"크, 늦지 않았으면 좋겠군."

그들은 마도력을 끌어 올리며 사라진 둔켈들의 뒤를 쫓기 시작했다.

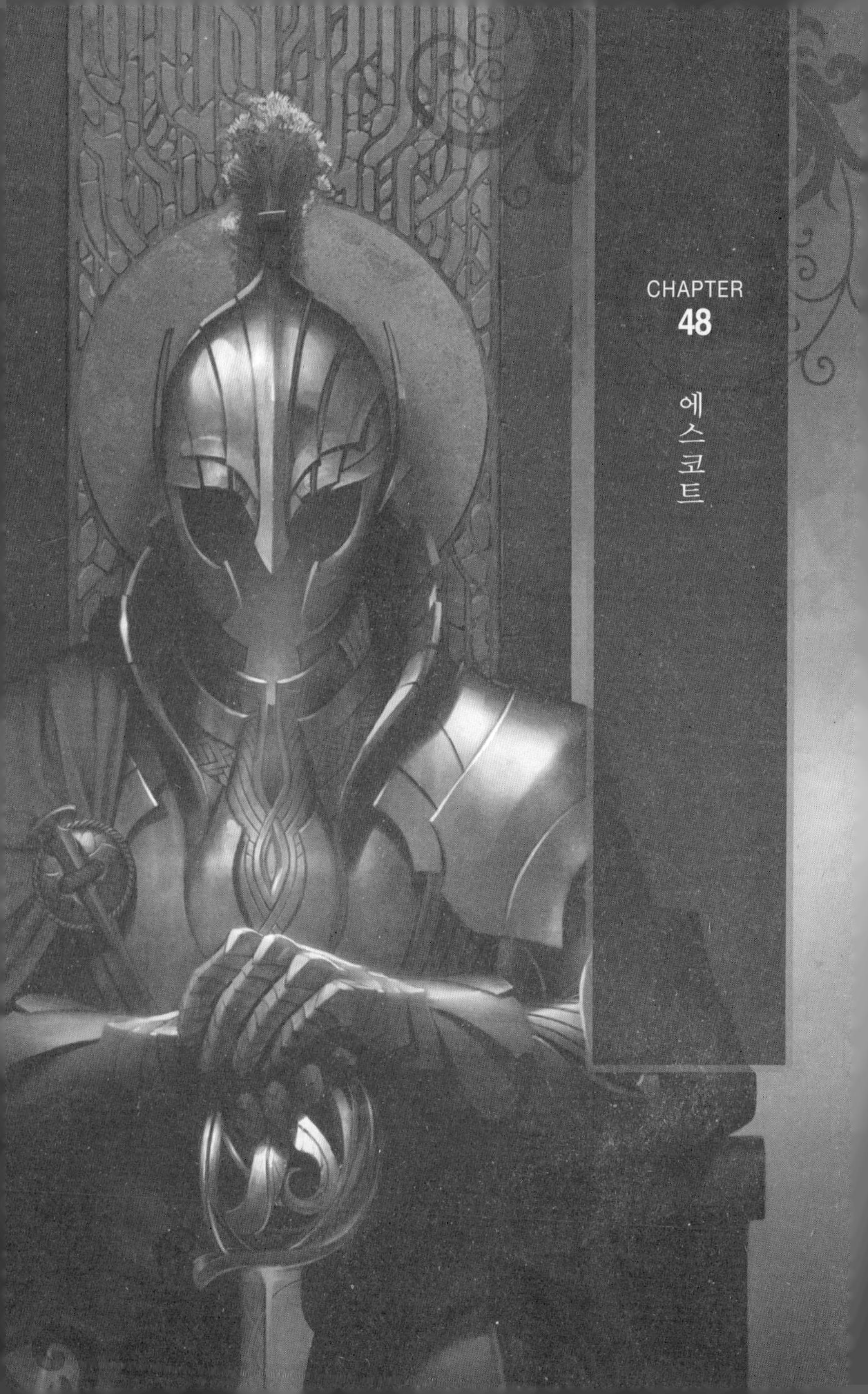
CHAPTER
48
에스코트

마차의 속도가 올라가자 울렁거림이 심해졌다.

그런 상황에도 안정적인 자세로 서서 마차의 후방을 지켜보던 벨드가 둔켈의 움직임을 포착했다.

―두두두두두!

벨드가 눈을 얇게 뜨며 마차를 몰고 있는 벤스터를 향해 외쳤다.

"벤스터 가주님! 두 마리의 둔켈이 마차 뒤로 곧 따라붙을 겁니다!"

앞만 보고 달리고 있던 벤스터가 탄식성을 내뱉었다.

"허! 두 친구가 둔켈들을 다 막아내지 못한 건가?"

"아무래도 수가 많다 보니 두 마리를 놓친 것 같습니다!"

"우리가 따라잡힐 것 같나?!"

걱정이 담긴 벤스터의 물음에 벨드가 고개를 끄덕였다.

"얼마 안 있어 시야에 들어올 것입니다."

벤스터의 얼굴에 절망감이 서렸다.

그런 마음을 아는지 모르는지 마차 안의 에이미는 흥분해 난리를 피웠다.

"와아! 드디어 둔켈을 볼 수 있겠구나! 친구들에게 자랑해야겠다!"

에이미는 후방 차창에 매달려 둔켈이 모습을 드러내기만을 기다리고 있었다.

벤스터는 철없는 손자의 행태에 화가 치밀었다.

"어리석은 녀석! 이 둔켈들의 손에 살아서 갈 수 있다면 마음대로 하거라!"

벤스터가 에이미를 향해 고함을 치고 있을 때, 뒤편의 수풀이 흔들리며 검은 그림자가 뛰쳐나왔다.

"크아아아앙!"

빠르게 달리는 마차 위에서도 둔켈의 우렁찬 울음소리는 생생하게 들려왔다.

그 소리를 들은 에이미가 깜짝 놀라 뒷걸음질 쳤다.

"저… 저게 둔켈?"

붉은 눈을 번들거리며 말보다 빠른 속도로 달려오는 괴물. 책과 이야기를 통해 들었지만 그가 상상하던 것보다 훨씬 크고 흉측하게 생겼던 것이었다.

벤스터는 에이미가 마차에서 넘어지는 소리를 듣고는 걱정스러워 돌아보았다.

"둔켈이 귀엽게 생겼는 줄 알았느냐! 속도를 더 낼 테니 꽉 잡고 있거라! 이랴!"

벤스터는 힘껏 고삐를 휘둘렀다.

—촤악!

하지만 말들은 이미 전속력으로 달리는 와중이었기에 더 이상 빨라지지 않는 듯했다.

"이랴! 조금만 더 빨리 달리거라! 제발!"

하지만 벤스터의 절실한 요구는 받아들여지지 않았다.

긴 손톱으로 땅을 찍으며 네 발로 달리듯 따라오고 있는 둔켈! 삐죽한 이빨 사이로 진득한 타액이 흘렀다.

마차는 좀처럼 빨라질 낌새가 없었고, 둔켈과의 거리는 빠르게 좁혀지고 있었다.

"두… 둔켈이 따라붙고 있어요!"

에이미가 고함을 질렀다. 벤스터 역시 그러한 사실을 잘 알았지만 손쓸 방법이 없었다.

둔켈들 중 한 마리가 뒷 마차와의 거리가 좁혀지자 괴성을 지르며 힘껏 도약했다.

"크아앙!"

그리곤 날카로운 손톱을 크게 휘둘렀는데, 마차의 지붕 귀퉁이가 요란한 소리를 내며 떨어져 나갔다.

—콰앙!

마차가 휘청거렸지만 다행스럽게도 금세 균형을 되찾았다.

마차의 마부는 이미 시체마냥 얼굴이 거무죽죽하게 변해져 있었다.

요란을 떨던 에이미 역시 이 한 번의 공격으로 입을 다물 수밖에 없었다.

저 무겁고 튼튼한 마차가 둔켈의 손짓 한 번에 부서져 나가는 것을 보자 자신이 맞닥뜨린 현실을 절감할 수밖에 없었기 때문이었다.

"이… 이게 뭐야."

그때 벨드의 외침이 들렸다.

"제가 맡을 테니 당황하지 말고 지금처럼 말을 몰도록 하십시오."

지붕 위로 누군가 달리는 발소리가 들렸다.

—타다다닥!

마도력을 끌어 올리자 벨드의 몸 주변으로 검은 가즈아머가 생성되었다.

그는 하얀 샤브레를 뽑아 들며 가볍게 뒷 마차를 향해 몸을 날렸다.

—타앗!

에이미는 검은 룬아머가 뒷 마차로 뛰어든 것을 볼 수 있었다.

“거… 검은 룬아머러? 설마 저거 베르난드 형?”

벨드가 뒤따르는 둔켈들을 보며 나직이 말했다.

“두 룬아머러가 따라와 주길 기다렸는데, 더 이상은 안 되겠군.”

그렇게 이야기한 벨드는 정면의 둔켈을 향해 몸을 날리며 발차기를 얼굴에 꽂았다.

—퍼벅!

기세 좋게 따라오던 둔켈은 갑자기 나타난 벨드의 발에 목이 뒤로 꺾였다.

이어 공중제비를 한 바퀴 돈 벨드는 둔켈의 뒷덜미에 샤브레를 빠르게 찔렀다 뺐다.

—파앗!

선두의 둔켈은 순식간에 허공에 흩어졌다.

땅에 떨어져 발을 한 번 구른 벨드는 뒤따르는 둔켈을 향해 손을 내뻗었다.

그러자 하얀 얼음 기둥이 뻗어나가며 둔켈의 전신을 감쌌고, 벨드는 얼어버린 둔켈의 몸체를 향해 주먹을 강하게 날렸다.

—빠걱! 파앗!

방금 전만 하더라도 사납게 달리던 둔켈이 한순간에 얼음 조각이 되어 비산했다.

벨드는 가볍게 땅을 딛고 착지했다.

벨드는 후방을 보며 크레인과 플로로의 상황을 감지하는 중이었다.

"조금 늦었지만 저쪽도 끝내고 돌아오는 중이군. 아무도 다치지 않아서 다행이야."

마차의 경로를 따라 빠른 속도로 달리던 플로로가 문득 심각한 얼굴이 되었다.

"이런……."

둔켈의 움직임이 갑자기 사라져 버린 것이었다.

그는 자신의 감각을 최대한 끌어 올리며 탐색 범위를 넓혔지만 둔켈의 흔적은 나타나지 않았다.

"크레인, 뭔가 이상하다."

뒤를 따라오던 크레인이 물었다.

"으음? 뭔가?"

"갑자기 둔켈들의 움직임이 사라졌어."

"탐색 범위를 벗어난 것은 아니고?"

"아니야. 충분히 감지 범위 내였는데 갑자기 사라져 버렸어."

"뭐지? 소멸해 버리기라도 한 건가?"

"직접 봐야겠지. 잠시 후면 놈들이 사라진 곳이다."

입을 다문 플로로는 궁금함에 더욱 속도를 높였다.

땅 위로 드러난 고목의 뿌리를 딛고 뛰어오른 플로로가 수풀을 뚫고 마차가 다니는 길 위에 내려섰다.

그의 시야에 낯선 존재가 잡혔다. 잉크를 뒤집어쓴 듯한 검은 룬아머러가 그곳에 서 있었다.

"으음……."

플로로는 깊은 침음성을 흘릴 수밖에 없었는데, 눈으로 확인하기 전까지만 하더라도 상대의 존재감을 전혀 느끼지 못했다는 사실이 적지 않게 충격으로 다가왔던 것이었다.

뒤따라온 크레인 역시 낯선 룬아머러를 발견하고 물었다.

"자네는 누군가?"

잠시 머뭇거리던 검은 룬아머러는 들고 있던 샤브레를 검집에 꽂으며 자신의 룬아머를 해제했다.

—촤랑!

검은 머리카락이 흩날리며 익숙한 얼굴이 나타나자 크레인과 플로로의 눈이 더욱 커졌다.

"베르난드?"

벨드는 손을 가볍게 흔들어 보였다.

"빠져나온 두 마리는 제가 처리했어요. 이제 마차로 돌아가실까요? 일행들이 걱정하고 있을 테니까요."

"얼렁뚱땅 넘어가려고 하는 건가?"

"하핫! 들켰군요."

머리를 긁적이는 벨드를 향해 플로로가 물었다.

"룬아머러였었나?"

"뭐, 그렇죠."

"왜 이야기하지 않았지?"

"둔켈들이 나타나기 전까지는 굳이 밝힐 필요는 없었던 것이죠. 이것저것 물어보실 것 같기도 하고요."

플로로의 눈이 얇아졌다.

"마도력의 기운을 완전히 숨길 수 있다니 보통이 아닌데, 어디 소속인가?"

"자세한 것은 일행과 만난 후에 말씀드리죠. 또 어디서 둔켈들이 나타날지 모르니까요."

그의 말에 크레인과 플로로 역시 동의했다.

마도력을 사용하며 달린 세 명은 순식간에 마차를 따라잡을 수 있었다.

그들은 거의 숲의 끝단에 와 있었는데, 앞으로 이틀이면 루미트에 닿을 수 있는 거리였다.

마차와 일행들은 숲을 빠져나와 들판의 언덕에 올랐다. 맑은 날이었기에 가시거리가 멀었다.

어느 방향에서 둔켈이 나타나더라도 충분히 대처 가능한 장소였다.

땅에 말뚝을 박아 말들을 묶은 크레인이 마차에서 내리는 벤스터를 부축해 주었다.

갑작스러운 둔켈들의 공격으로 크게 놀란 듯했다.

벨드를 발견한 에이미가 신이 난 얼굴로 뛰어왔다.

"베르난드 형! 굉장했다고요! 순식간에 둔켈을 두 마리나 처리하다니! 어쩌면 플로로 아저씨 보다 더 강한 거네요?"

벨드는 흥분해 있는 그의 머리를 헝클어뜨리며 대답했다.

"그런 건 중요하지 않아. 둔켈과 마주 싸울 수 있으면 누구나 강한 룬아머러다."

"어쨌든 강한 건 강한 거니까요! 그 검은 룬아머러도 엄청 멋졌다고요! 나도 룬아머를 제작할 때 검은색으로 할 거에요!"

벨드가 고개를 내저었다.

"에휴, 아직 덜 혼난 모양이군. 아까는 겁에 질려서 떠들어대더니 금세 잊어버리는 것도 재능이라면 재능인 건가?"

벤스터가 벨드에게 다가와 올려다보았다. 그는 긴장이 풀리자 기력이 달리는지 힘없는 표정을 하고 있었다.

"허헛! 대단한 실력을 가진 룬아머러였다니, 우리가 감쪽같이 속아버렸군."

의도적으로 숨길 생각은 전혀 없었던 벨드가 멋쩍게 웃었다.

"그냥 밥이나 한 끼 얻어먹고 헤어질 생각이었기 때문에 일부러 밝히지 않았습니다. 기분이 상하셨다면 용서하세요."

벤스터는 손을 내저었다.

"아닐세. 자네가 아니었다면 나와 가솔들이 어떻게 됐을지 생각만 해도 끔찍하군. 자네는 우리의 은인이나 다름없네. 그렇지 않나, 크레인?"

그의 곁에서 이야기를 듣고 있던 크레인이 고개를 끄덕였다.

"그렇습니다, 가주님."

이번에는 크레인이 벨드를 향해 물었다.

"순식간에 두 마리의 마이덴급 둔켈을 소멸시킨 실력. 어중간한 룬아머러는 절대 할 수 없는 일이지. 본래의 출신을 말해줄 수 있겠나?"

벤스터, 마치 자신의 일인 양 어깨에 힘이 들어간 에이미, 그리고 일행들을 둘러본 벨드가 나직한 한숨을 내쉬었다.

"황실 근위단에 잠시 있었죠. 그러다가 사정이 있어서 잠시 떠돌아다니는 중입니다."

크레인이 의아한 얼굴을 했다.

"흐음, 지금 같은 시국에 자네 정도의 실력을 가진 룬아머러가 황실 근위단에서 빠져나왔다는 건가? 혹시 죄를 짓고 군부에서 쫓기고 있는 것은 아니겠지?"

"그랬다면 여러분 앞에 나서지도 않았겠죠. 어쨌든 제가 말씀드릴 수 있는 부분은 거기까지입니다. 그래도 의심이 간다면 어쩔 수 없겠죠."

"기분이 나빴다면 용서하게. 단순히 궁금했던 것뿐이니."

크레인의 말투가 한결 부드러워져 있었다. 일행을 둘러본 벨드가 고개를 가볍게 숙이며 말했다.

"이제 숲 밖으로 나왔으니 제가 할 일은 끝난 것 같군요. 그럼 저는 이만 숲으로 돌아가도록 하겠습니다."

벤스터가 몸을 돌리려는 그를 다급하게 불러세웠다.

"자… 잠시만 기다리게, 베르난드 군."

"무슨 일이십니까?"

"숲으로 돌아가면 무엇을 할 생각인가?"

벨드는 콧등을 긁적이며 곰곰이 생각에 잠겼다.

"이제 발로인으로 돌아가려고 합니다. 만나야 할 사람들이 있거든요."

"흐음, 혹시 괜찮다면 내 하나 제안을 하지."

"어떤……."

"우리 일행을 루미트까지 안전하게 갈 수 있도록 에스코트해 줄 수 있겠나? 그에 대한 보상은 충분히 해주겠네."

벨드는 난처해했다.

"죄송하지만, 루미트는 발로인과 정반대 방향이라……."

벤스터는 벨드가 말하는 사이를 놓치지 않았다.

"딱 이틀일세. 이틀이면 루미트에 도착할 수 있을 테고, 루미트에 가면 아주 좋은 말 한 필을 내주도록 하지. 결국 자네는 지금 발로인으로 가는 것보다 더 빨리 도착할 수 있을 것일세."

제법 일리가 있는 협상이었다. 에이미 역시 벨드와 이대로 헤어지는 것을 보고만 있을 수 없다는 듯 끼어들었다.

"제발! 저희와 함께 루미트로 가줘요! 네?"

벨드는 잠시 생각에 잠겼고, 벤스터와 에이미는 불안한 얼굴로 그의 대답을 기다렸다.

"뭐, 좋습니다. 이것도 인연인가 보네요."

그제야 벤스터는 안도의 한숨을 내쉬었다.

"휴우, 허헛! 고맙네. 크레인, 다른 의견 있나?"

찝찝한 얼굴을 한 그였지만, 벤스터의 뜻을 거스를 생각도 없었고 룬아머러가 한 명 더 있어서 나쁠 것은 없다고 생각했다.

"아닙니다, 가주님."

"좋아, 그럼 어서 출발하세."

"네, 그럼 마차를 몰겠습니다."

벤스터는 벨드를 향해 물었다.

"나와 함께 객실에 타겠나? 에이미도 원할 것 같은데 함께 이야기나 나누도록 하지."

"좋습니다."

벤스터가 기쁜 듯 벨드의 어깨를 두들겨 주며 다시 마차에 올랐다.

그들을 태운 마차는 다시 루미트를 향해 움직이기 시작했다.

* * *

—바스락! 바스락!

마른 나뭇잎 밟는 소리를 내며 로브를 두른 굴라쉬와 라오가 숲 속을 걸었다.

굴라쉬의 얼굴은 평소처럼 감정을 읽을 수 없었지만 뒤를 따르는 라오의 얼굴은 흥분이 그대로 드러났다.

뭔가를 발견한 그녀는 굴라쉬를 앞질러 달려갔다.

"마스터! 여기를 보세요!"

라오의 눈앞에는 새하얀 눈 더미가 쌓여 있었다.

그녀는 믿기지 않는 얼굴로 손을 뻗어 눈 더미를 만졌다.

차갑고 촉촉한 느낌이 그대로 전해졌다.

"숲 한복판에 눈 더미라니, 이게 무슨 일일까요?"

그녀는 하늘을 올려다보았다. 나무 사이로 보이는 하늘은 높고 푸르렀다.

눈과는 전혀 관계가 없는 날씨였다.

그녀 곁으로 온 굴라쉬는 주변을 살폈다.

바닥에 깊게 패인 둔켈들의 발자국들과 희미하게 남아 있는 인간의 발자국. 그것을 바라보던 굴라쉬가 짚이는 것이 있는지 나직이 말했다.

"룬아머러 한 명이다. 결빙계 공격 마법을 사용하는 자."

잠시 뜸을 들이던 그가 다시금 입을 열었다.

"이해가 되지 않는군."

"뭐가 말인가요?"

"룬아머러의 발자국인데도 흔적만 겨우 찾을 만큼 고급의 경량화 마법진이 안착되어 있다. 게다가 빙계속성의 최고급 마법진. 먼저 발견한 현장과 이곳의 전투 흔적을 보면 여러

가지 공격마법을 구사했던 것이 틀림없다."

라오가 굴라쉬가 설명하는 대로 둘러보니 정확하게 상황을 잡아내고 있음을 알 수 있었다.

"네, 그렇군요. 그런데 뭐가 이상한 거죠? 제가 보기에는 대단한 실력의 룬아머러로밖에 보이지 않는데요."

굴라쉬는 한숨을 내쉬며 고개를 내저었다.

"한참 멀었군. 탑에 있을 때 룬아머에 대해 공부를 하긴 한 건가?"

라오는 급격히 자신감을 잃으며 머리를 긁적였다.

"그… 그게, 어차피 룬아머 제작 쪽에는 실력이 없는 걸 잘 알아서 손도 대지 않았다고요."

"잘했군."

비꼬는 말에 라오는 혀를 쌜쭉 내밀었다.

"룬아머의 면적상 필수 마법진인 경량화 마법진, 근력강화 마법진, 전성 마법진, 관절보조 마법진 등을 빼면 공격용 마법진은 많아봐야 3개 정도밖에 안착시키지 못한다."

"아!"

"얼마 전에서야 마법진 안착기술이 발전해서 몇 개의 마법진을 더 추가할 수 있게 되었지만, 공격마법진처럼 복잡한 것이 아니라 단순한 성능의 보조 마법진일 뿐이야."

굴라쉬는 주변을 둘러보며 나직이 말했다.

"룬아머러가 이 정도 수준의 공격마법을 펼칠 수 있다는 것은 내 상식으로는 이해할 수가 없다는 것이지."

"룬아머러가 여러 명이었던 것이 아닐까요? 지금 같은 시기에 룬아머러가 단독행동을 할 리가 없잖아요."

굴라쉬는 고개를 저었다. 룬아머러가 한 명이라는 자신의 짐작을 확신하는 행동이었다.

"소멸된 둔켈은 얼마나 되나?"

"클레이급 20여 마리, 마이덴급 10여 마리 그리고 엑스터급 1마리입니다."

굴라쉬의 표정이 처음으로 변화를 보였다. 놀라움과 흥미로움이었다.

"엑스터급 둔켈을 혼자 소멸시키다니, 누군지 꼭 한번 만나보고 싶군."

라오는 신경질적인 얼굴이 되었다.

"이럴 때 웃는 얼굴을 하시다니 너무하시는군요. 하루 사이에 둔켈이 40마리나 소멸되어 버렸어요. 이제 소환술사도 다 죽어 버려서 더 이상 소환하지도 못하는데 웃음이 나오시나요?"

굴라쉬는 신경도 쓰지 않고 몸을 돌렸다.

"미미한 숫자다. 내가 책임질 테니 신경 쓰지 않아도 된다. 다만 그 룬아머러를 꼭 만나보고 싶군. 난 숲을 뒤져 보도록 하겠다."

그렇게 이야기한 굴라쉬의 몸은 땅속으로 점차 빠져 들어가기 시작하더니 금세 머리끝까지 사라졌다.

혼자 남은 라오는 투덜거리며 화풀이하듯 눈 더미를 발로 차고 있었다.

CHAPTER
49
루미트

이틀 후,

해가 하늘 중간에 걸릴 때가 되자 마차의 지붕이 달구어졌다.

더위를 느낀 벤스터가 마차의 차창을 내렸다.

시원한 바람이 들어오며 그의 희끗한 머리카락이 흩날렸다.

그는 맞은편에 앉은 벨드의 얼굴을 관찰했다.

검은 머리카락도 흔치 않았지만, 투명한 초록색의 눈동자가 특이하다고 생각했다.

"원래 출신은 하이멜 제후국이라고? 부모님은 하이멜 제후국에 계신가?"

벨드는 고개를 가로저었다.

"어머니께서는 어렸을 적 돌아가셨고, 유소년기는 고아원에서 자랐어요."

"특이하군. 고아원 출신인데도 룬아머러가 될 수 있었다니 말이야. 잘은 모르지만 재능만으로는 되기 힘들다고 하던데……."

"운이 좋았는지 훌륭한 후원자를 만났습니다. 덕분에 룬아머러가 될 수 있었죠."

초롱초롱한 눈으로 벨드를 바라보고 있는 에이미. 전과는 전혀 다른 태도였다. 벨드의 앞에 다소곳이 앉은 그는 조심스러운 어투로 물었다.

"베르난드 '스승님'은 룬아머러 교육을 어디서 받으셨죠?"

벨드와 벤스터의 고개가 갸웃거려졌다. 벨드가 되물었다.

"스승님이라니?"

"전 결정했어요! 베르난드 스승님께 수련을 받기로 말이죠."

"하핫! 무슨 말도 안 되는 억지를 부리는 거야?"

하지만 에이미의 얼굴에는 나름 굳은 의지가 엿보였다.

"제발 절 제자로 받아줘요! 그렇지 않으면 평생 베르난드 스승님을 쫓아다닐 거예요!"

이렇게 이야기하다간 끝도 없을 거라 생각한 벨드가 에이미를 설득했다.

"난 네가 동경하는 황립 룬아머러 아카데미 출신이야. 내 제자가 되려면 그곳을 졸업해서 정식 룬아머러로 인정을 받아야 해. 그러면 내가 제자로 받아들여 주마. 알겠지?"

에이미는 의욕에 찬 목소리로 소리를질렀다.

"네! 꼭 황립 룬아머러 아카데미를 졸업해 보이겠어요!"

"그래, 꼭 그렇게 되라."

철없는 손자의 억지에 벤스터는 미안한 얼굴을 하는 중이었다.

들뜬 얼굴을 하고 있던 에이미가 문득 자리에서 벌떡 일어나 차창을 열었다.

"와! 루미트가 보이고 있어요!"

벨드 역시 고개를 돌려 에이미가 가리키는 곳을 바라보았다.

높은 언덕 아래로 펼쳐진 거대한 도시가 시야에 들어왔다.

아직도 상당한 거리가 남았지만, 멀리서 보는 것만으로도 도시의 번성이 전해졌다.

바다와 맞닿아 있는 헤일런 연방왕국의 서부 루미트. 타 대륙과의 교역이 활발한 항구도시인 동시에 소금 생산, 풍부한 어족자원으로 역사의 기록이 시작된 이래로 늘 풍요로운 지역이었다.

또 중요한 요소 중 하나는 둔켈들의 서식지가 된 새벽의 땅으로부터 가장 먼 거리에 위치했기에 둔켈들의 침략과는 거의 무관했다는 것이다.

요즘 벌어지고 있는 둔켈들의 침공이 있기 전까지는 말이다.

두 눈 가득 들어오는 루미트의 전경을 바라보던 벨드가 탄성 섞인 목소리로 말했다.

"대단한 규모로군요. 수도인 발로인보다 더 규모가 큰 것 같은 걸요?"

"껄껄! 발로인과 비교할 바가 아니지. 과거 전쟁에서 패해 헤일런 연방왕국의 속국으로 들어갔지만, 경제적으로는 한참이나 우위에 있었다네. 타 대륙과 연결되는 유일한 창구였으니 엄청난 재화가 들락거렸거든."

"그렇군요. 저도 이야기만 전해 들었던 터라 직접 보니 더 놀라운걸요?"

"아마 루미트에 들어가게 되면 더욱 놀라울 걸세. 무역의 중심지로서의 분위기가 물씬 풍길 테니까."

비록 여행을 온 것은 아니었지만 루미트라는 낯선 도시에 대한 설레임이 피어오르는 중이었다.

루미트의 전경을 보고 난 후에도 약 두 시간가량을 달려서야 도시의 초입에 닿을 수 있었다.

도시로 이어지는 도로는 각지에서 모여든 마차들로 긴 줄을 이루었는데, 도시로 들어가기 전 간단한 검사를 받는 듯했다.

"마차가 굉장히 많이 드나드는군요?"

벤스터가 피식 웃으며 대답했다.

"이 정도면 전에 비해 1할도 안 되는 숫자라네. 반년 전 둔켈들이 침공을 시작하기 전만 하더라도 우리가 지나온 '오펜 언덕' 에서부터 이곳까지 하루가 꼬박 걸렸었지. 다른 대륙으로 물건을 수출하기 위해 왕국 전역에서 상인들이 모여들었으니 혼잡하기가 그지 없었던 게지."

"휘유, 평화로운 시절이 되면 다시 한 번 찾아오고 싶군요."

"꼭 그렇게 하게. 지금의 루미트는 반쪽도 안 되는 모양새니 말이야."

루미트 도심까지 줄을 지어 있는 마차들이 아주 천천히 움직이고 있었다.

저 먼 곳을 바라보던 벨드가 물었다.

"그런데 루미트로 들어서는데 무슨 검사를 하는 거죠?"

"뭐, 일종의 세관검사라고 생각하면 이해하기 쉬울 걸세. 소금이나 황금 등 몇 개 품목은 거래가 있을 때 세금이 엄격하게 매겨지지. 그래서 출입을 하는 마차들이 신고서와 같은 물품을 가지고 있는지 검사를 하는 중이라네. 마차를 하나하나 살피다 보니 시간이 오래 걸리는 것은 어쩔 수 없다고나 할까. 대신 루미트 시내로 들어서면 여유로울 테니 걱정 말게나."

도시의 관문에 가까워지자 무장한 병사들의 모습이 하나둘씩 보이기 시작했다.

그리고 간간히 룬아머러 문장을 단 사람들도 눈에 띄었는데, 벨드의 눈이 그들을 좇으며 도시의 전황을 살폈다.

그때 차창을 두들기는 손이 있었다. 벤스터가 창문을 내리자 검은색 말을 탄 관복의 중년 남성이 미소를 띠며 인사를 건넸다.

"오! 벤스터 가주님께서 돌아오셨군요!"

벤스터 역시 남성을 잘 알고 있었는지 반가운 얼굴을 했다.

"허헛! 오랜만이군. 오늘 자네가 근무하는 날이었나?"

"그렇습니다! 멀리서 오헨리 가문의 마차가 보이길래 달려와 봤습니다. 발로인에 가신 지 두 달 만의 복귀시니까요. 그렇지 않아도 둔켈들이 발로인 시내에 침공했다는 소식이 전해져서 크게 놀랐었지요."

"다행히 별일 없었다네. 하지만 너무 오래 루미트를 비울 수가 없어서 돌아왔지."

"아! 아가씨의 결혼식 준비 때문에 돌아오셨나 보군요? 미리 축하드립니다."

결혼 이야기가 나오자 한껏 홍분된 얼굴로 앉아 있던 에이미의 표정이 눈에 띄게 어두워졌다.

벨드는 그런 에이미의 표정 변화를 발견할 수 있었다.

벤스터는 에이미가 불편해하는 사실을 알고 있었는지 서둘러 이야기를 돌렸다.

"고맙네. 그보다 관문까지 얼마나 걸릴 것 같나?"

벤스터의 물음에 남성이 깜짝 놀라는 얼굴을 했다.

"이크크크! 너무 반가운 마음에 수다를 떨다보니 깜빡했군요. 벤스터 가주님을 안내해 드리려고 왔는데 말입니다. 절 따라 이쪽으로 오십시오. 우선으로 통과시켜 드리겠습니다."

"그럴 필요 없네. 다른 사람들이 뭐라고 생각하겠나?"

"하핫! 이 루미트에서 누가 뭐라고 하겠습니까? 오헨리 가문의 가주님의 편의를 조금 봐준다고 손가락질할 녀석 따위는 없습니다. 그러니 성의를 거절치 마시고 절 따라오십시오."

대답을 듣지도 않은 중년인이 마차를 몰고 있는 크레인에게 외쳤다.

"자자! 날 따라오게, 크레인."

어쩔 수 없이 일행을 태운 마차는 순서를 기다리고 있는 다른 마차를 추월하여 앞으로 나가기 시작했다.

벤스터는 지나치는 광경을 훑어보았다. 말을 타고 마차를 나란히 따르고 있는 중년인을 향해 물었다.

"군인들과 룬아머러가 많이 보이는군. 루미트는 피해가 크지 않았나?"

말고삐를 당기던 중년인이 주변을 둘러보았다.

"뭐랄까, 미적지근한 상태입니다. 둔켈들이 간간이 오지만 이곳에 주둔하고 있는 룬아머러 길드가 어렵지 않게 물리치고 있는 중이죠. 그거마저도 며칠 전부터는 잠잠하답니다. 이러다 조만간 평화로워지지 않을까 하는 생각까지 드는군요."

"흐음, 그렇게 되면 좋겠군."

벨드 역시 그렇게 되길 바랐지만, 그 이면에 너무나도 큰 배경이 있다는 사실을 아는 사람 중 한 명이었기에 입안이 씁쓸했다.

발로인에서 가지고 온 짐이 많지 않았기에 세관의 검사는 금방 끝날 수 있었다.

탑이라 불릴 만큼 거대한 기둥으로 이루어진 관문을 지나자 거대한 광장이 보였다.

중앙 광장은 루미트 요지로 통하는 길들이 모이는 장소였는데, 그 한가운데는 높이 솟은 방향표지가 낯선 이를 안내해 주었다.

벨드는 고개를 내밀어 지나온 관문을 바라보았다.

두 개의 관문에서 시작되는 높은 장벽이 끝도 없이 이어져 루미트를 감싸고 있었다.

"정말 대단한 벽이로군요. 성이 아니라 도시 전체를 둘러싼 벽이라니……. 루미트는 정말 안전하겠는걸?"

벨드의 이야기에 아까부터 갑자기 잠자코 있던 에이미가 말대꾸를 해주었다.

"저 벽은 내륙인들로부터 루미트를 지키기 위한 벽이 아니에요."

"에? 그럼?"

"바다를 통해 쳐들어온 적들이 내륙으로 들어오지 못하도록 막은 벽인 거죠. 타 대륙의 적들이 쳐들어오면 루미트는 적진에 버려지는 거나 다름없어요."

"흐음, 그런 의미가 있었군."

벤스터가 끼어들었다.

"허헛! 너무 심각하게 듣진 말게. 과거 몇 번의 침공을 받았지만, 룬아머러들 덕분에 아주 말끔하게 해결됐다네. 다른 대륙에는 룬아머러에 대적할 만한 무기가 없다고 해도 과언이 아니지."

"벤스터 님은 다른 대륙에도 가보셨나요?"

다른 대륙에 대한 이야기를 처음 접했던 벨드는 호기심이 동하는 중이었다.

"젊은 시절 딱 두 번 다녀왔다네. 아주 무더운 에빌리아 대륙과 일 년 내내 해가 지지 않는 디그로크 대륙이었지."

"그 이야기 좀 해주세요. 재미있겠군요."

벨드는 몸을 끌어당기며 적극적으로 관심을 표했고, 그게 싫지 않은 듯 벤스터의 여행 이야기가 자연스럽게 이어졌다. 에이미는 어려서부터 자주 들어오던 이야기였기에 관심 없는 듯 오랜만에 돌아온 루미트를 둘러볼 뿐이었다.

루미트 시내를 따라 움직이던 두 대의 마차는 저택으로 들어섰다.

항구 전체가 내려다보이는 곳에 위치한 오헨리 가문의 저택. 건물의 대리석은 바닷바람을 맞아 고색창연하게 색이 발해 있었다.

절제된 아름다움을 보여주는 정원과 분수를 지난 마차는 저택 건물의 문 앞에 섰다.

—히이잉!

말 울음소리가 들리자 저택 안이 소란스러워지는 듯했다.

"가주님께서 오셨다!"

검은 문이 열리며 오헨리 가문의 사람들이 쏟아져 나왔다.

둔켈의 침공 이후 루미트로 돌아온다는 소식을 듣고 경악을 했던 가솔들. 그들은 가주가 안전하게 돌아왔다는 사실에 잔뜩 들떠 있는 것이었다.

그중 가장 앞장서 있는 금발의 여성은 에이미의 누나인 쥬리엘 오헨리였다.

조금은 장난기 있는 얼굴의 그녀는 환하게 웃으며 외쳤다.

"할아버지!"

마차에서 내리는 벤스터를 향해 뛰어든 그녀가 힘차게 포옹을 했다.

"어이쿠! 다 큰 처녀가 이래서 쓰겠느냐? 곧 시집을 갈 녀석이 말이야."

"뭐 어때요? 어차피 집안 사람들밖에 없는걸요!"

대충 둘러대던 그녀는 마차에서 내리는 에이미를 보곤 화색을 띠었다.

"에이미!"

그녀는 벤스터를 내팽개치곤 에이미에게 달려갔다. 에이미보다 키가 한 뼘이나 더 큰 쥬리엘은 으스러지도록 그를 안아주었다.

"이 녀석, 제법 많이 컸는데? 학교생활은 재미있었니?"

오랜만에 맡아보는 누나의 푸근한 체취였다.

하지만 감정에 솔직할 수 없는 나이였던 에이미는 인상을 찌푸리며 그녀를 밀쳐내려 했다.

"누나, 부끄러우니까 이러지 말라고! 그렇게 어린애 대하듯 하면 남들이 우습게 본다니까! 장차 룬아머러가 될 대장부에게 말이야!"

"호홋! 아직은 귀여운 내 동생이니까 상관없어! 앙탈 부리기는"

쥬리엘은 놔줄 생각이 없었는지 바둥거리는 에이미를 붙잡고 놓지 않았다.

에이미는 그제서야 졌다는 듯 누나의 사랑(?)을 그대로 받아들였다.

기쁨을 만끽한 쥬리엘이 그제야 에이미의 여기저기를 뜯어보며 물었다.

"발로인에서 괴롭히는 녀석들은 없었니? 밥은 입맛에 맞았고? 친구는 많아?"

쏟아져 나오는 질문에 에이미가 손을 내저었다.

"제발 하나씩 물어봐, 누나!"

"호홋! 반가워서 마음이 앞섰나 보네. 들어가서 천천히 이야기하자꾸나."

어느 정도 안정이 된 쥬리엘은 뒤늦게서야 그들의 뒤에 서 있는 벨드를 바라보았다.

검은 머리카락을 치렁하게 늘어뜨리고 언제 빨았는지 모를 지저분한 망토를 몸에 두르고 있는 큰 키의 젊은 남성. 그의 몸에서 나는 냄새가 코를 찔렀지만, 오헨리 가문의 안주인 역할을 해온 지 오래였기에 차분하게 대처했다.

벤스터가 아무 이유 없이 낭인을 마차에 태워 왔을 리 없다 생각했던 것이다.

"이분은 누구시죠?"

벤스터는 그제야 벨드를 소개할 수 있었다.

"이쪽은 베르난드란다. 루겐트 숲에서 둔켈에게 쫓기고 있었는데, 이 친구가 우리를 도와주었지. 그래서 루미트까지 동행을 부탁한 게다."

그것만으로는 설명이 부족하다고 생각한 에이미가 입에 침을 튀며 떠들기 시작했다.

"누나! 베르난드 스승님은 정말 대단하다고! 마이덴급 둔켈 두 마리를 휘휘 날더니 해치워 버렸다니까! 누나도 그러니까 그 상인 나부랭이 말고 스승님 같은 룬아머러를 만나라고!"

상인 나부랭이라는 말이 나오자 활짝 웃고 있던 에이미의 얼굴이 굳었다. 그녀는 감정을 억제하며 침착한 목소리로 말했다.

"에이미! 네 매형 될 사람은 아주 훌륭한 사람이란다. 그러니 다시는 상인 나부랭이라는 말은 지 않았으면 좋겠어! 다음번엔 정말 화를 내줄 테야."

에이미 역시 자신의 말실수를 깨달았는지 얌전히 고개를 끄덕였다.

쥬리엘은 금세 분위기를 바꾸며 벨드를 향해 웃으며 인사를 했다.

"할아버지와 에이미의 이야기를 들어보니 정말 큰 은혜를 입었군요? 정말 감사드립니다. 저는 오헨리가의 쥬리엘이라고 해요."

벨드는 밝게 웃으며 고개를 살짝 숙였다.

"베르난드 길버트입니다."

"오헨리가에 오신 것을 환영해요. 안으로 드세요. 먼 길 오시느라 피곤하셨을 텐데 방과 음식을 준비해 놓을게요."

고개를 내저은 벨드가 벤스터를 바라보며 대답했다.

"말씀은 감사합니다. 하지만 벤스터 가주님께 말씀드렸던 대로 급한 일이 있어 말 한 마리를 빌려 바로 발로인으로 떠나려고 합니다."

그의 말에 벤스터가 화들짝 놀라며 말했다.

"조금만 시간을 할애해 줄 수 없겠나? 사실 자네에게 루미트까지 동행을 요청한 것은 중요한 부탁을 하나 하려고 했던 것일세."

뭔가 이야기가 다르게 흘러가자 벨드는 난처한 얼굴을 했다.

"하지만……."

뭐라 말을 하기 전에 벤스터가 벨드의 등을 떠밀며 에이미와 쥬리엘에게 말했다.

"허헛, 쥬리엘. 뭘 그렇게 서 있는 게냐? 어서 베르난드 군을 안으로 안내하거라. 쥬리엘은 씻을 물과 먹을 것을 좀 준비해 주렴."

"네, 할아버지!"

뭔가 중요한 일이 연결되어 있다는 사실을 알게 된 쥬리엘은 손님 맞을 준비를 위해 저택 안으로 움직였고, 하인들은 마차의 짐을 내리며 여행을 마무리했다.

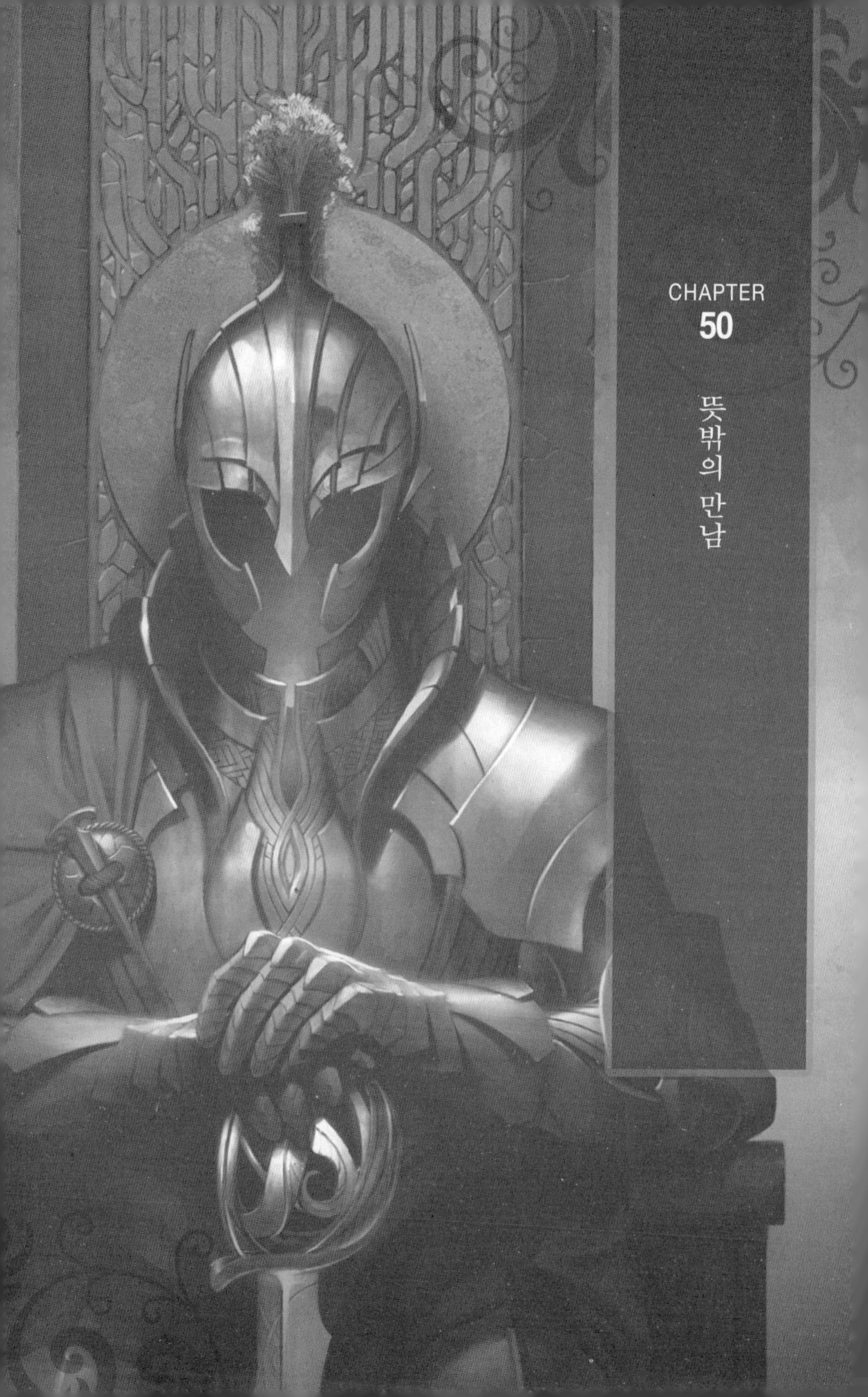
CHAPTER
50
뜻밖의 만남

더위가 시작될 날씨였지만 살구색의 대리석으로 꾸며진 실내는 서늘함을 고스란히 가지고 있었다.

창을 통해 들어오는 따사로운 햇살을 맞으며 값비싼 향유(香油)를 뿌린 욕조에 누워 있는 벨드는 발로인으로 돌아가야 한다는 사실조차도 잊을 만큼 기분이 좋았다.

"하아! 돈을 벌 만한 이유가 있구나. 카일 녀석은 어렸을 때부터 이런 생활을 했다는 생각을 하니까 배가 아픈걸?"

문득 카일을 생각하니 어서 발로인으로 돌아가야 한다는 생각이 다시 고개를 치켜들었다.

"아! 이러고 있을 때가 아닌데."

벨드는 약간은 아쉬움이 남는 호강(?)을 뒤로한 채 몸을 일으켰다.

거울에 비친 몸. 그간 수련으로 인해 몸은 더욱 탄탄해졌고, 근육은 잘게 쪼개져 있었다.

준비된 수건으로 물기를 닦고 가죽끈으로 늘어져 있던 머리를 질끈 묶었다.

"너무 길어서 불편한가?"

가즈아머 투구 속에서 땀에 엉키는 긴 머리카락이 늘 불편하다고 생각했었는데, 문득 거울을 보니 떠오른 것이었다.

마도력을 끌어 올린 그는 머리카락 한 줌을 잘라내었다. 머리가 가벼워짐을 느끼며 만족한 미소를 지었다.

테이블 위를 보니 자신이 벗어놓은 옷과 망토는 온데간데없고 쥬리엘이 준비해 준 옷이 올려져 있었다.

이전에 입고 있던 검은색 전투복과는 다르게 화사한 느낌의 흰색 셔츠와 진남색의 바지, 베스트였다.

"아, 불편하겠는걸?"

그렇다고 해서 벗고 나갈 수는 없었기에 준비해 준 옷가지들을 걸쳤다.

무두질이 잘된 가죽부츠를 신은 벨드는 발을 이리저리 움직여 보며 그 편안함에 감탄했다.

벨트는 문 밖에서 기다리던 시종의 안내를 받아 연회장에 도착했다.

그곳에는 가주와 에이미의 무사 귀환을 환영하기 위한 만찬이 준비되어 있었는데, 루미트 근교에서 나는 해산물들과 바다 건너의 낯선 과일들이 푸짐하게 놓여 있었다.

식탁에 앉은 벤스터와 쥬리엘, 에이미가 식사를 하지 않고 벨드를 기다리는 중이었다.

깍듯하게 귀빈 대접을 해주는 모습에 벨드는 조금 불편함을 느꼈다.

그만큼 벤스터가 껄끄러운 부탁을 할 것이라는 증거였기 때문이다.

벨드는 편안하게 마음먹기로 했다.

어디까지나 선택은 자신의 몫이었기에 어떠한 부탁인지 들어보기로 했다.

미리 벤스터의 호의를 거절하여 불편한 분위기로 만들 필요는 없었던 것이다.

벨드가 시종이 당겨준 의자에 앉으며 말했다.

"기다리게 만들었나 보군요. 죄송합니다."

벤스터 일가의 식구들은 멍하니 벨드를 바라보았다.

낭인에 가까운 모습을 하고 있던 벨드가 목욕을 하고 옷을 갈아입음으로써 전혀 다른 사람이 되어 나타났기 때문이었다.

에이미가 먼저 말을 걸었다.

"역시 옷이 날개라는 말이 맞네요. 전혀 다른 사람 같잖아요?"

벨드가 피식 웃었다.

"훗! 하긴 내가 엉망으로 지내긴 했지. 따뜻한 물에 몸을 담근 지가 언제인지 기억도 안 나니까. 마차에서도 냄새가 대단했을 텐데 잘 참아줘서 고마워."

벤스터가 가볍게 끼어들었다.

"아무리 옷이 좋더라도 기본 인물이 없으면 어림없지. 짐작은 했지만 굉장히 미남이로군."

"칭찬이 과하시면 부담입니다. 하핫!"

그때까지 유심히 벨드의 얼굴을 뜯어보던 쥬리엘이 말했다.

"베르난드씨의 얼굴이 왠지 조금 이국적인 느낌이네요. 얼굴선도 굉장히 가늘면서도 남성답기도 하고 눈동자 색도 신비스럽고요."

그녀의 물음에 벨드가 씁쓸한 미소를 지었다.

"저도 어렸을 때는 그 점이 몹시 궁금했었죠. 여자 같다고 놀림도 많이 받았고요. 하지만 얼마 전에야 그 이유를 알았답니다."

"그 이유라니요?"

"제가 요정족과 인간족의 하프카스트였더군요."

"아! 그래서 요정족의 아름다운 외모를 빼어 닮은 것이로군요?"

에이미가 궁금한 듯 물었다.

"하프카스트가 뭐죠?"

집요하게 묻는 것이 상대에게는 불편할 수도 있었기에 쥬리엘이 에이미의 다리를 꼬집었다.

"아얏! 왜 그래?"

벨드는 자연스럽게 웃었다.

"괜찮습니다, 쥬리엘 아가씨. 하프카스트는 혼혈족을 말하는 거야. 아버지 쪽이 요정족이셨지."

"아! 그렇군요!"

벤스터가 조심스럽게 물었다.

"으음, 하프카스트는 흔치 않은데……. 자네는 고아원에서 자랐다고 하지 않았나?"

"네, 맞습니다."

"오해는 하지 말고 듣게나. 요정족은 수명이 굉장히 길고 웬만하면 병에 걸리지도 않는다네. 그렇다면 자네의 아버지 역시 아직 살아 있을 가능성이 크지 않겠나?"

벨드가 미처 생각하지 못했던 내용이었다.

잠시 멍하니 아버지에 대한 생각을 하던 벨드는 겨우 평상심을 되찾았다.

"그럴 수도 있겠군요."

"허헛! 내가 괜히 주제넘는 소릴 했는지 모르겠군."

"아… 아닙니다. 지금까지 아버지에 대한 생각을 해본 적이 없었는데 좋은 조언이 되었네요."

잠시 분위기가 차분해지자 쥬리엘이 환기를 시켰다.

"자, 시장하실 테니 식사를 하시죠. 오늘 다양하게 준비했으니 마음껏 드세요!"

그제야 식사를 시작할 수 있었다.

벨드는 난생처음 먹는 음식들에 놀라움을 금치 못했다.

다양한 종류의 생선과 해산물이 듣도 보도 못한 조리법으로 요리되어 있었다.

벨드는 향긋하고 풍부한 과즙을 가진 과일들을 베어 물었다.

"하아! 정말 맛있는걸요? 루미트는 정말 먹을 것이 풍족한가 봅니다."

벤스터가 자랑스럽게 말했다.

"비록 직접 생산하는 것은 해산물밖에 없지만 상업의 중심지인만큼 다양한 먹을거리가 수입되고 있지. 헤일런 연방왕국 전체에서도 루미트의 시민만큼 풍족한 사람들도 없을 걸세."

"네, 인정할 수밖에 없군요."

염치 불구하고 정신없이 식사를 하던 벨드는 자신의 옆자리를 의식하기 시작했다.

비어 있는 자리였지만 포크와 나이프가 놓여 있었는데, 누군가의 자리로 준비되었다고 생각할 수밖에 없었다.

식사하는 내내 힐끔거리며 벨드의 눈치를 살피던 벤스터가 말을 꺼냈다.

"짐작하고 있나 보군. 사실 아직 도착하지 않은 손님이 있다네."

"역시 그렇군요. 제게 부탁할 일과 밀접한 관계가 있는 사람이겠죠?"

"그렇다네. 도착하자마자 그 친구에게 만남을 제안했네."

"어떤 사람이죠?"

벤스터는 쥬리엘과 에이미를 번갈아 보더니 조심스럽게 말을 꺼냈다.

"바로 쥬리엘과 결혼을 약속한 젊은 상인이지."

쥬리엘의 얼굴이 눈에 띄게 붉어졌고 반대로 에이미의 표정은 딱딱하게 굳었다.

에이미의 반응을 짐작했던 벤스터는 정색을 하며 말했다.

"에이미, 여러 다른 이유도 있지만, 이 자리는 네 매형이 될 사람을 소개하기 위한 자리이기도 하단다."

그의 이야기를 듣던 에이미가 포크와 나이프를 내려놓으며 자리에서 일어났다.

"별로 보고 싶지 않아요."

평소라면 별말 없이 에이미를 보냈겠지만 이번은 달랐다.

"자리에 앉거라."

근엄한 목소리를 내는 벤스터를 바라보던 에이미는 별말 없이 자리에 앉았다.

안도한 얼굴을 한 벤스터가 계속 말을 이었다.

"너는 제 누나가 상인과 결혼하는 것을 못마땅해하고 있지만, 네 매형 될 사람은 상인이라는 직업으로 평가를 할 만한 사람이 아니란다. 쥬리엘?"

냅킨으로 입 주변을 닦은 쥬리엘이 에이미의 손을 잡으며 말했다.

"네가 그 사람을 어떻게 생각할지 몰라서 지금까지 제대로 말하지 않았단다. 그 사람은 상인이지만 아주 훌륭한 인품을 갖고 있고 유능해. 네가 생각하는 것처럼 자기만 아는 상인들과는 전혀 다른 사람이야."

에이미는 떨리는 눈으로 누나를 바라보았다.

"누나는 상인을 싫어했잖아? 부모님도 상인이었기 때문에 돌아가신 거라고."

쥬리엘은 고개를 푹 숙였다.

"그래. 그랬었지. 하지만 이성으로 어떻게 할 수 없는 끌림이라는 게 있더구나. 그분이 상인이든 뭐든 상관없어. 난 그냥 그분과 결혼하고 싶은 것뿐이야. 이런 내 마음을 네가 어떻게 생각할지 몰라 지금까지 두려웠어. 내가 널 배신했다고 생각할까 봐."

무거운 침묵. 벤스터와 쥬리엘은 심각하게 에이미의 반응을 살폈다.

벨드는 다른 가족들의 문제에 끼어든 것이 불편하기 짝이 없었다.

잠시 심각한 얼굴을 하던 에이미가 벨드를 향해 웃으며 말했다.

"베르난드 스승님, 이 바보 같은 가족들의 고민에 끼어들게 해서 미안해요. 할아버지와 누나는 날 너무 어리게 생각했나 보네요."

그렇게 이야기한 에이미는 쥬리엘을 향해 물었다.

"정말 그 사람이 그렇게 좋아?"

"응."

"그럼 어쩔 수 없지. 누나가 정말 행복할 수 있다고 생각한다면 내가 반대할 이유가 없잖아? 사나이라면 누나의 진심을 헤아려 줄 수 있어야 하는 거야."

"정말 날 이해해 주는 거니?"

쥬리엘의 눈가에 눈물이 맺혔다.

"당연하지. 누나는 세상에서 내가 가장 사랑하는 사람이라고. 그런 누나의 행복을 막을 리가 없잖아."

쥬리엘은 너무나 기뻤는지 에이미를 와락 껴안았다.

"고마워! 에이미."

"이… 이러지 말라고! 손님 앞에서 부끄럽지도 않아?"

"고마운 걸 어떡하니?"

두 남매를 보던 벤스터 역시 눈가에 눈물이 맺히고 있었다. 그는 아무도 모르게 눈물을 훔쳐 내며 베르난드를 향해 말했다.

"에이미를 너무 어리다고 생각했나 보군. 이거 남 앞에서 꼴사나운 모습을 보였군. 미안하네, 베르난드 군."

"아닙니다. 무슨 분위기인진 모르겠지만, 좋게 이야기가 끝난 것 같아 다행입니다."

분위기가 누그러지고 있을 때 밖에서 마차 소리가 들려왔다. 하인 한 명이 연회장에 들어와 소식을 전했다.

"가주님, 캐넌 드레이크 님께서 도착하셨습니다."

"오! 때를 맞춰서 왔나 보군. 이쪽으로 모시게나."

"네, 알겠습니다."

벨드는 캐넌 드레이크라는 이름이 익숙하게 들렸다.

"캐넌 드레이크? 드레이크?"

상대가 누구인 줄 깨달으며 크게 놀랐다.

"아! 캐넌 드레이크!"

바로 이야기를 통해 들었던 카일의 둘째 형의 이름이었다.

그때 문이 열리며 한 남성이 들어왔다.

붉은색의 예복을 입은 짧은 머리의 20대 청년.

카일보다는 드레이크가의 장남인 에르벤과 닮았다고 생각했다.

그를 발견한 벤스터가 자리에서 일어나며 반갑게 맞았다.

"어서 오게, 캐넌 군. 그동안 잘 있었나?"

캐넌은 벤스터의 손을 맞잡으며 환하게 웃어 보였다.

"부르심을 받고 급히 오는 길입니다. 이런 때 별일 없이 여행을 마치셔서 천만다행입니다."

캐넌은 맞은편에 앉은 쥬리엘을 바라보며 미안한 얼굴을 했다.

"서두른다고 서두른 것인데 식사에 늦었나 보네요. 용서하시죠, 쥬리엘 양."

쥬리엘의 얼굴이 눈에 띄게 붉어졌다.

"아… 아니에요. 저희야말로 먼저 식사를 시작해서 죄송한 걸요."

서로 눈을 떼지 못하는 둘을 번갈아 보며 벤스터가 헛기침을 했다.

"흠! 흠! 자네 내 손자 에이미는 처음 보는 것이지 않나? 에이미, 인사하거라. 네 매형이 될 캐넌 드레이크라고 한단다. 그 유명한 드레이크 상가의 차남이지."

캐넌이 성큼 걸음으로 다가가 악수를 청했다.

"만나서 반갑다. 쥬리엘에게 이야기를 많이 들었지. 앞으로 룬아머러가 되는 게 꿈이라고? 가주님께서도 기대가 크시더군."

"마… 만나서 반가워요. 에이미 오헨리에요."

에이미는 눈앞의 캐넌에게 정신을 빼앗기고 있었다.

당당해 보이는 외모뿐만 아니라 사람을 대하는 화술이 너무도 매끄러웠다.

자신이 생각해 오던 상인의 이미지와는 너무도 다른 모습에 내심 크게 놀라는 중이었다.

가족 간의 인사가 끝나자 벤스터가 캐넌을 자신의 맞은편 자리로 안내했다.

"우선 자리에 앉게."

"네, 감사합니다."

캐넌은 오헨리 일가의 식구 외에 한 사람이 있음을 의식하고 있었다.

눈앞의 젊은 청년의 외모로는 도무지 정체를 짐작할 수 없었다.

캐넌은 은연중에 벤스터와 벨드를 번갈아 보며 소개를 청했다. 벤스터가 금세 그에 반응했다.

"아, 내가 귀가하자마자 자네를 청한 이유는 자네의 발로 인행에 도움을 줄 만한 사람을 알게 되었기 때문일세. 물론 이쪽도 아직 내 청을 받아들인 것은 아니지만……."

벤스터가 자신의 얼굴을 물끄러미 바라보자 멋쩍은 표정을 지으며 자기소개를 했다.

"처음 뵙겠습니다. 베르난드 길버트라고 합니다."

"캐넌 드레이크라고 합니다."

가벼운 목례를 주고받으며 인사를 마치자 캐넌이 벤스터를 바라보며 물었다.

"베르난드 군이 이번 여정에 어떤 도움을 줄 수 있을지 여쭈어 봐도 될까요?"

벤스터는 자신감 있는 목소리로 대답했는데, 벨드에 대한 믿음에 기인한 것이었다.

"여기 베르난드 군은 황실근위단에 소속되었던 룬아머러일세. 그에게 자네의 호위를 부탁하려고 하는 중이지."

캐넌이 놀랍다는 얼굴을 했다.

"아직 어린 나이인데 황실근위단에 있었단 말입니까?"

"우리 오헨리 가문에 몸담고 있는 크레인과 플로로 두 룬아머러도 이 젊은이의 실력에 대해 두말하지 않았지. 마이덴 급 둔켈 두 마리를 순식간에 해치우는 실력가일세."

시선을 벨드에게 돌린 벤스터가 정중한 목소리로 말했다.

"여기 캐넌 군은 아주 중요한 물건들을 가지고 발로인으로 가려고 하네. 자네 역시 발로인으로 간다는 이야기를 듣고 호위를 청하고자 했던 것일세."

"으음……."

벨드가 턱을 매만지며 고민하는 시늉을 하자 벤스터의 목소리에 더욱 힘이 들어갔다.

"캐넌 군은 아주 장래가 촉망되는 상인일세. 이번 기회에 도움을 준다면 캐넌 군 역시 앞으로 자네에게 큰 도움을 줄 수 있을게야."

문득 벨드는 캐넌을 향해 물었다.

"캐넌님은 제가 호위하는 것에 대해 어떻게 생각하시죠?"

캐넌의 얼굴은 신중했다. 이윽고 벨드의 물음에 답했다.

"난 상인이라네. 내게는 자네에 대한 어떠한 정보도 없는 것이나 다름없으니 지금 당장 자네를 평가할 수가 없군. 하지만 위험이 많은 여정인만큼 조금이나마 위험의 확률을 줄일 수만 있다면 자네에게 무릎을 꿇더라도 손해라고 생각하지 않는다네. 단, 벤스터 가주님께 죄송한 말씀이지만 자네의 신분을 완전히 신용할 수가 없다는 것이 가장 큰 걸림돌인 것 같군."

벨드는 그의 입장을 이해한다는 듯 고개를 끄덕였다.

그리곤 가볍게 웃으며 말했다.

"역시 드레이크가의 사람답군요. 카일 녀석은 전혀 그렇게 느껴지지 않지만."

캐넌이 깜짝 놀랐다. 이 먼 곳에서 동생의 이름을 들을 것이라고는 전혀 생각지 못했기 때문이었다.

"카일이라고? 자네가 카일을 어떻게 알고 있는 것이지?"

"잘 알죠. 상인이 되길 엄청 싫어하고 매일 하고 싶은 일이 달라지는 녀석이죠. 여자한테 관심이 아주 많고 키가 작은 것에 콤플렉스가 많은……. 그래도 하나에 빠지면 엄청 열심히 하는 녀석이에요."

"저… 정확하군. 자네는 카일의 친구인가?"

"네, 둘도 없는 친구죠."

카일에 대해 너무도 잘 알고 있었기에 의심할 여지가 없었다.

"하핫! 그렇다면 이번 일 때문에 일부러 루미트로 온 것인가?"

"아뇨. 정말 우연찮게 벤스터 가주님을 만나게 되어 루미트까지 동행한 것일 뿐이에요. 그리고 드레이크 가문 이야기가 나오기 전까지만 해도 쥬리엘 아가씨와 결혼하실 분이 카일의 둘째 형일 것이라는 생각은 전혀 못했어요."

"자네도 참 짓궂군. 이미 내가 카일의 형이라는 사실을 알고 있으면서도 속내를 떠보고 말이야. 후훗."

그렇게 웃음 짓던 캐넌은 뒤늦게서야 멀뚱멀뚱 둘의 대화를 듣고 있는 오헨리가의 식구들을 의식했다.

"아, 저희의 대화가 너무 길었군요. 죄송합니다, 벤스터 가주님."

벤스터가 손을 내저었다.

"상관없네! 이야기를 듣자 하니 둘이 무슨 관계가 있나 보군?"

"예, 여기 베르난드 군이 제 친동생의 친구였나 봅니다."

"오! 자네 동생도 굉장한 수완가인가 보군. 이렇게 대단한 룬아머러 친구를 두고 말이야."

"후훗, 대단하긴요. 그냥 말썽꾸러기일 뿐입니다. 이번 일도 그 녀석이 만들어낸 일 때문에 드레이크가 전체가 움직이고 있는 중이니까요."

"허헛! 장난꾸러기라도 정말 그릇이 큰 장난꾸러기로군."

"어쩌다 보니 그렇게 되었군요."

고개를 돌려 벨드를 본 캐넌이 물었다.

"그럼 정식으로 물어보도록 하지. 우리 캐넌 드레이크 상단의 발로인 여정을 호위를 해줄 수 있겠나?"

벨드는 고개를 끄덕였다.

"제가 발로인으로 돌아가는 이유도 캐넌님의 일과 관계가 있으니까요. 기꺼이 호위하겠습니다."

"훗! 고맙군."

"별말씀을요."

캐넌이 손을 내밀자 벨드가 그의 손을 마주 잡았다.

화기애애한 분위기가 된 연회실은 많은 이야기가 오고갔다.

주로 드레이크가의 이야기였는데, 벤스터와 쥬리엘 역시 그 가족들의 이야기에 관심이 많았기 때문이었다.

활발한 표정으로 이야기를 하는 캐넌을 바라보던 벨드가 문득 의아함을 느끼며 물었다.

"캐넌님."

캐넌이 미소 지었다.

"동생 친구에게 '님' 이라는 존칭을 들으니 불편한걸? 편하게 형님이라고 부르면 좋을 것 같군, 베르난드."

"아, 그러시면 저도 벨드라고 불러주세요."

"후훗, 그러지 벨드. 뭔가 궁금한 게 있나?"

"발로인을 떠나오기 얼마 전 카일과 드레이크 상가에 들렀던 적이 있었어요. 그곳에서 맏형이신 에르벤님을 만났는데, 이야기를 듣자 하니 카일과 캐넌 형님의 사이가 좋지 않다고 하시더군요. 그래서 뭐랄까, 더 무뚝뚝하고 냉정한 분인 줄 알았거든요. 카일도 캐넌 형님의 이야기만 나오면 이빨을 빽빽 갈 정도였으니까요."

쥬리엘과 에이미 역시 귀를 종긋거리며 캐넌의 이야기를 기다렸다. 머리를 긁적이던 캐넌이 그들을 둘러보며 말했다.

"이것 참, 정말 능구렁이 같은 형님이라니까. 그렇게 능청맞게 나를 악역으로 만들어놓고 혼자 카일을 위하는 척하니까 말이야."

"네? 에르벤님이요?"

"후훗, 그야말로 중상모략의 대가라고 할 수 있지. 물론 나쁜 뜻에서는 아니야. 사실 카일은 어려서부터 상인이 되기를 엄청 싫어했단다. 이야기 듣기로는 곧 처남이 될 에이미 군처럼 말이야."

뜬금없이 자신의 이야기가 나오자 에이미는 눈을 치켜뜨며 쥬리엘을 바라보았다.

그녀는 무슨 말인지 모른다는 듯 딴청을 피웠다. 캐넌의 이야기가 이어졌다.

"하지만 여러 면에서 비상한 머리를 가지고 있는 녀석이었지. 나나 에르벤 형님이 생각하지 못하는 영역에 늘 관심이 쏠려 있었거든. 뭐, 대부분은 잡스러운 것이었지만, 간간이 획기적인 아이디어를 낼 때도 있었어. 하지만 카일에게는 끈기가 전혀 없었지."

"후훗! 그렇죠."

"그래서 나와 형님은 이 녀석을 어떻게 하면 당당하게 드레이크가의 일원으로 키울 수 있을지 고민했지. 거기서 우리는 재미있는 사실을 알게 되었어. 카일은 자존심이 엄청 강하다는 걸 말이야."

"아하!"

"그래서 나는 카일의 자존심을 자극하는 역할을 맡았고, 에르벤 형님은 녀석을 다독거리는 역할을 맡았던 거야. 네 이야기를 듣자 하니 아직 녀석이 눈치를 못 채고 나를 미워하고 있는 것 같지만 말이야."

"하핫! 그랬던 것이군요."

재미있게 그의 이야기를 듣던 벨드는 문득 카일에게 이런 가족이 있다는 사실에 부러움을 느꼈다.

그리고 아주 작은 실마리를 찾은 자신의 가족, 아버지에 대한 생각이 떠올랐다.

그런 중에도 사람들의 대화는 오갔고 탄성과 웃음이 계속되고 있었다.

벨드는 바람을 쐬기 위해 발코니로 나왔다.

선선한 바닷바람에 실려 있는 짠 냄새가 콧속으로 파고들었다. 익숙하지 않은 내음.

해가 질 무렵이었기에 해는 서쪽 수평선 위에 걸쳐 있었다.

짙은 주황의 빛무리가 비추는 루미트의 전경은 아름답다는 말밖에 할 수가 없었다.

—끼익.

문이 열리며 발걸음 소리가 들려왔다.

포도주잔을 든 캐넌이 벨드의 옆에 서서 같은 곳을 바라보고 있었다.

"정말 아름답지?"

황홀한 표정을 짓던 벨드가 고개를 끄덕였다.

"네, 굉장히 아름답네요."

해가 천천히 사라질 때까지 둘은 아무 말 없었다.

오늘 처음 보는 캐넌이었지만 카일의 형이라는 생각 때문인지 조용히 시간을 공유하는 것이 편하게 느껴졌다.

머리 위의 하늘이 짙은 남색으로 변하자 건물들의 불이 하나씩 켜지기 시작했다.

발로인처럼 가로등이 휘황찬란하진 않았지만 오순도순 빛나는 모습이 친근하게 느껴졌다.

"형님은 이곳에 오신 지 얼마나 되셨죠?"

"이제 네 달쯤 됐군. 파티에 초대되어 오헨리가에 왔었는데, 처음 이 자리에서 일몰을 본 순간 한눈에 반해 버렸지. 어쩌면 쥬리엘에게 반한 것도 이곳의 분위기 때문이었을지도 몰라. 후훗!"

"설마 그럴 리가요. 쥬리엘 아가씨는 좋은 분 같아 보이더군요."

"그래. 아주 좋은 아가씨지."

문득 떠오른 게 있다는 듯 물었다.

"그러고 보니 발로인에 있을 때는 결혼 이야기를 들은 적이 없는데……."

캐넌이 피식 웃었다.

"훗! 그럴 수밖에. 아직 가족들도 모르고 있으니까."

"네에?"

"이번에 본가로 돌아가면 가족들에게 밝힐 예정이란다."

"보통은 부모님이나 가족들에게 먼저 승낙을 받지 않나요?"

"물론 보통은 그렇지. 하지만 내 아내를 선택하는 일을 할아버님과 아버님께 승낙을 받는 것이 싫더군. 분명 드레이크 가문과 오헨리 가문 사이의 결혼은 사업적인 계산이 들어가게 마련이거든. 쥬리엘과 나의 관계가 계산적으로 비추어지는 데에 대한 반발감이랄까?"

캐넌의 말뜻을 이해한 벨드가 웃었다.

"하핫! 캐넌 형님도 냉철하고 이성적인 듯하면서도 카일과 비슷하군요. 약간의 반골정신이랄까."

캐넌 역시 마주 웃었다.

"하핫! 우리 집안의 숨겨진 내력이라고 할 수 있겠지. 나뿐만 아니라 에르벤 형님 역시 말이지."

"하하! 역시 피는 못 속인다는 말이 맞나 보군요."

가볍게 대화를 나누던 둘 사이에 자연스럽게 침묵이 흘렀다.

어느덧 완전히 어두워져 하늘에 별이 총총 매달렸다. 벨드가 조용한 목소리로 물었다.

"이번에 발로인으로 옮기는 물건이 룬아머를 만들 미스릴이죠?"

캐넌이 입가에 미소를 띠며 대답했다.

"훗! 먼저 물어봐 줘서 고맙군. 네가 룬아머러라는 말을 듣고 이번 일과 연관이 있다고 짐작은 했지만 확신이 없어서 선뜻 물어볼 수 없었지. 어디까지 알고 있는지 몰라서 고민하고 있던 차였거든."

"역시 그러셨군요. 미스릴 확보는 순조로우셨나요?"

벨드가 본격적으로 이야기를 꺼내자 캐넌의 눈동자가 흔들렸다.

그는 불안한 표정으로 슬쩍 주변을 살폈다. 벨드가 그를 안심시켰다.

"걱정하지 않으셔도 됩니다. 마도력으로 주변의 공기 흐름을 차단해서 우리의 대화를 듣지 못할 테니까요."

"그래? 신기하고 편리한 능력이로군."

아니나 다를까 커튼 뒤에 숨어서 둘의 대화를 훔쳐 듣던 쥬리엘과 에이미는 아무것도 들을 수 없음에 스스로 심통이 나 있는 상태였다.

하지만 끼어들 분위기가 아니라는 것을 느꼈기에 속으로 분을 삼킬 뿐이었다.

캐넌의 이야기가 이어졌다.

"두 달 전, 에르벤 형님으로부터 전갈을 받고 북부 탄광 지역을 수소문했단다. 현자의 탑에서 시장에 풀린 미스릴을 독점하다시피 하면서 가격이 많이 오르긴 했지만, 우리 드레이크 가문과 오랜 시간 동안 거래를 해왔던 탄광들은 우리 쪽으로 납품을 해주었지."

"현자의 탑보다 더 비싼 가격을 치른 건가요?"

"하하! 거래란 그것보다 더 복잡한 무엇인가가 있단다. 그들에게 있어서 미스릴 취급은 곁다리 사업 중 하나인만큼 미스릴을 통해 얻는 수익은 포기하고 우리 가문과 다른 거래를 유지하는 편이 훨씬 이롭다는 판단을 한 것이지."

"호오, 재미있는 사실을 배웠군요."

캐넌의 표정이 다시 진지해졌다.

"어쨌든, 미스릴을 사 모으는 데까지는 아주 순조로웠는데, 문제는 이곳 루미트에 와서부터란다."

"무슨 일이 있었나요?"

"우리가 대량의 미스릴을 매입한다는 이야기가 자연스럽게 시장에 떠돌았고, 현자의 탑까지 들어간 모양이더구나."

"으음."

"며칠 전 현자의 탑 루미트 지부에서 사람이 찾아왔다. 우리가 가진 미스릴을 사들이고 싶다는 이야기를 하더군. 정중한 듯했지만 무언의 압박이 포함되어 있었지."

"노골적으로 경계를 하고 있군요."

캐넌이 고개를 끄덕였다.

"몇 번이나 날 설득하려 했지만 거듭 거절의 뜻을 밝히자 화를 내며 돌아가 버렸지."

"그 이후로는요?"

"아직은 별다른 움직임은 보이지 않고 있어. 하지만 지금부터가 문제야. 이틀 후면 북서부 펜스틴항에서 출발한 미스릴이 이곳 루미트항에 도착하게 되지. 놈들이 무슨 짓을 할지 몰라 걱정이란다. 그래서 나도 벤스터 가주님께서 돌아오셨다는 이야기를 듣고 룬아머러인 크레인 씨와 플로로 씨에게 물건을 지켜달라고 요청하기 위해 만사 제쳐두고 달려온 것이지."

이야기를 듣고 있던 벨드가 캐넌을 바라보며 굳건한 표정으로 말했다.

"제게 맡겨주세요. 무슨 일이 있더라도 현자의 탑으로부터 미스릴을 지켜낼 테니까요."

"이곳에서 널 만난 게 큰 행운이라고 생각하고 있어. 이런 친구를 둔 카일이 왠지 믿음직스럽게 느껴지는군."

"후훗! 직접 만나보시면 아직 믿음직스럽게 느껴지지는 않으실 거예요."

"훗! 아마 그렇겠지?"

그들은 마주 보고 피식 웃음을 터뜨리며 루미트의 야경을 계속 감상했다. 캐넌의 얼굴에서는 전보다 한결 여유로움이 느껴지고 있었다.

CHAPTER
51

미스릴

벨드는 이른 아침부터 오헨리 저택을 나섰다.

어젯밤부터 캐넌이 걱정되어 그의 숙소로 따라나설 생각이었지만, 미스릴이 들어오기 전까지는 별다른 움직임이 없을 것이라는 캐넌의 말에 오헨리 저택에서 하룻밤을 지낸 것이었다.

하지만 불안한 마음은 어쩔 수 없는 터였기에 눈을 뜨는 대로 캐넌의 집무실을 찾아 나섰다.

완만한 언덕에 난 넓은 길을 따라 걸었다.

순박해 보이는 사람들의 표정에는 구김이 전혀 없었고, 둔켈에 대한 두려움도 보이지 않았다.

발로인과 전혀 다른 아침 분위기에 취해 걸었다.

아침부터 생선 위의 날벌레들과 전쟁을 벌이는 아줌마, 화덕 앞에서 땀 흘리며 빵을 굽는 남성, 우유를 섞은 차를 마시며 먼 바다의 파도를 살피는 선원들. 모두가 이국적인 느낌이었다.

"총각! 막 구워낸 빵 하나 사가시우!"

버터 익는 냄새가 벨드의 코를 자극했다. 마침 너무 일찍 나온 터라 아침 식사 전이었던 벨드는 품에서 동주화 하나를 꺼내어 주었다.

"빵 하나 주세요."

"속에는 뭘 넣어줄까?"

벨드는 크게 눈을 뜨고 자판을 보았다. 고기부터 생선, 야채까지 다양했다.

"루미트에선 주로 뭘 넣어 먹죠?"

"아, 총각 루미트에는 초행이신가 보구먼. 여기선 절인 생선을 주로 먹는다우. 그런데 타지 사람들이 먹기는 좀 힘들 것 같은데……."

"한번 먹어볼게요. 절인 생선을 넣어주세요."

"총각 용기가 대단하구먼. 잠깐만 기다리시게."

두툼한 빵 하나를 칼로 쪼갠 아주머니는 절인 생선 한 마리를 빵 속에 넣어 반으로 접고선 몇 가지 양념과 야채를 얹었다.

그것을 건네받은 벨드가 기대에 찬 얼굴로 한입 가득 베어 물었다.

입안에 풍기는 고소한 빵 냄새. 그리고 이어지는 상상하기 힘들 만큼 강렬한 생선 비린내.

"으윽!"

벨드의 얼굴이 오만상이 되었다. 차마 뱉지도 못하고 삼키지도 못하는 벨드. 한참을 고생해서야 겨우 입안의 빵을 삼킨 벨드가 고개를 절레절레 저으며 말했다.

"으엑! 이걸 어떻게 먹는 거죠?"

"호호홋! 내가 그러게 타지 사람은 먹기 힘들다고 그랬잖수? 이리 다시 줘보슈."

벨드에게 받은 빵에서 절인 생선을 빼낸 아주머니는 구운 고기와 야채, 그리고 노란색 소스를 뿌려 다시 건네주었다.

그것을 맛본 후에야 벨드는 만족스러운 얼굴을 했다.

"이건 정말 맛있군요!"

"다행이구먼."

몇 입 더 베어 물던 벨드가 뭔가 생각났다는 듯 주머니에서 종이쪽지를 꺼내어 보였다.

"여기를 찾아가려고 하는데 어떻게 가면 될까요?"

"어디보자… 드레이크 상가의 루미트 지부를 찾아가는가 보구먼. 지금까지 온 방향대로 한참 내려가다 보면 항구가 보일거유. 거기서 오른편으로 조금 가면 붉은 벽돌로 된 건물이 보일 건데 거기라우."

"아, 감사합니다. 그럼 많이 파세요!"

벨드는 다시금 빵을 입에 물며 걸음을 옮겼다.

흰색으로 회칠을 한 건물들이 햇빛에 반짝였다.

바닷바람에 삭은 벽 위에 세월만큼 칠을 덮었다.

낯선 모양새의 건축물들을 구경하던 벨드는 생각보다 금방 항구에 도착했다.

"오른쪽으로 돌아서 붉은 벽돌의 건물이라……."

빵집 아주머니의 설명대로 오른쪽으로 방향을 돌린 벨드는 인상을 찌푸렸다.

"이런, 죄다 붉은 벽돌 건물이잖아?"

마지막 빵 조각을 입에 털어 넣은 벨드가 주변을 두리번거리며 건물들을 유심히 살폈다.

높이가 조금씩 다를 뿐 대부분 비슷비슷하게 생긴 건물들이었다. 상인들에게 길(吉)한 색인 붉은색으로 건물을 만듦으로써 번영을 기원한다는 의미를 벨드가 알 리 없었다.

"하아, 또 한참을 헤매게 생겼군."

깊은 한숨을 내쉬며 걷던 벨드가 문득 걸음을 멈추었다.

쪽지에 적힌 주소와 정확히 일치하는 건물을 찾은 것이었다.

"오! 이게 웬일이지? 생각보다 훨씬 쉽게 찾았잖아?"

드레이크 상가의 건물을 찾은 것에 환호하다말고 입을 다문 벨드는 고개를 들어 높은 곳을 힐끔 바라보았다.

건물의 옥상에 그림자가 스치듯 사라지는 것을 볼 수 있었다.

"먼저 온 손님이 있나 보군."

그렇게 중얼거린 벨드는 드레이크 상가의 지부 건물을 지나쳐 골목으로 들어섰다.

벨드가 사라지자 옥상에 검은 로브를 걸친 남성 하나가 고개를 내밀며 아래를 바라보았다.

"방금 그 녀석은 뭐지? 지나가다가 위를 올려다보다니."

그의 뒤에 서 있던 또 다른 로브의 남성이 별것 아니라는 듯 말했다.

"우연이겠지. 그냥 지나가다가 하늘을 올려다봤던 것뿐이라고. 우리를 의식했다는 것은 억측이 심한거야."

"역시 그렇겠지?"

"괜히 딴생각하지 말고 캐넌 드레이크가 누구와 접촉하지 않는지나 잘 관찰하라고. 어제도 갑자기 오헨리 상가로 들어가 버리는 바람에 치프 하겔드에게 크게 혼났으니까."

"오헨리 상가에는 룬아머러가 두 명이나 있다고. 뒤쫓아봐야 발각만 당했을 텐데 어쩌란 말인가?"

"하긴. 그래도 치프 하겔드께서도 아무 말 하지 않으실 수도 없으셨겠지. 어쨌든 내일이면 드레이크 상가의 배가 들어온다고 하더군. 그때까지만 고생하면 끝이니 조금만 더 정신 차리자고."

그렇게 이야기하던 남성은 갑자기 목 뒤가 뜨끔거림을 느끼며 눈앞이 깜깜해졌다.

"으윽!"

몸이 천천히 앞으로 넘어지자 누군가의 손이 그를 붙잡아 천천히 바닥에 뉘였다.

바로 어느새 옥상까지 올라온 벨드였다. 정신을 잃고 누워 있는 동료를 본 검은 로브의 남성이 놀라 외쳤다.

"너… 넌! 아까 길을 지나가던 녀석! 어떻게 이곳까지 올라온 것이지?"

"그건 중요한 것이 아니죠. 두 분은 왜 이런 곳에서 캐넌 드레이크님을 감시하고 있는 것이죠?"

"캐넌 드레이크가 누구길래 그런 걸 묻는 것이냐?"

"시치미 떼도 소용없어요. 방금 다 들어버렸거든요."

"치잇! 그냥 조용히 지나갔으면 아무 일 없었을 텐데. 운이 나쁜 줄 알아라!"

검은 로브의 남성은 두 손을 모으며 마법의 시동어를 외치기 위해 입을 열었다.

하지만 마법은 시동되지 않았다. 벨드의 움직임이 마법의 시동어를 외치는 것보다 빨랐던 것이다.

"으윽!"

그 역시 목이 뜨끔함을 느끼며 눈앞이 깜깜해졌다.

발 아래 쓰러져 있는 두 명의 남성을 내려다보던 벨드가 턱을 매만지며 중얼거렸다.

"겨우 이런 일로 공격마법을 사용하려고 하다니 위험한 사람들이로군. 정보를 좀 캐내야 할 것 같은데, 둘 중에 누구를 데리고 가야 할까? 아무래도 처음 쓰러뜨린 사람이 내 얼굴을 보지 못했으니 두고 가는 것이 좋을 것 같군."

그렇게 결정한 벨드는 검은 로브의 남성을 어깨에 가볍게 들쳐 메고 건물 아래로 뛰어내렸다.

5층의 집무실에서 쌓여 있는 서류를 뒤적이던 캐넌이 이상한 시선을 느끼곤 고개를 들어 창문 쪽을 바라보았다.

그곳에는 마법사를 어깨에 짊어진 벨드가 창문에 매달려 손을 흔들고 있었다.

"아니, 창문에 매달려서 뭘 하는 거냐?!"

캐넌은 급히 창문을 열어주었다.

"좋은 아침입니다, 캐넌 형님."

벨드는 열린 창문으로 짊어지고 있던 마법사를 가볍게 밀어 넣고 본인 역시 창을 통해 집무실로 들어갔다.

캐넌이 쓰러져 있는 마법사를 보며 물었다.

"이 정신을 잃은 사람은 누구지? 길거리에서 자고 있는 취객을 데리고 온 건 아닌 것 같은데."

"하하! 옥상에서 형님을 감시하고 있던 현자의 탑 마법사예요."

"뭐? 이자가 날 감시하고 있었다고?"

"대충 이야기를 들어보니 그런 것 같더군요. 묶어서 심문을 해볼까요?"

캐넌은 고개를 저었다.

"난 어디까지나 상인이란다. 심문보다는 대화를 좀 나누고 싶군. 이자를 깨워줄 수 있을까?"

"네, 알겠어요."

의자에 마법사를 앉힌 벨드는 목 주변을 손가락으로 찔러 마도력의 흐름을 터주었다.

그러자 마법사가 인상을 찌푸리며 천천히 눈을 떴다.

"으윽. 머리가 띵하군."

"제 동생이 조금 과격하게 행동을 해버렸군요. 죄송합니다."

마법사는 그제야 자신 앞에 다른 사람이 있다는 사실을 깨닫고는 놀란 얼굴을 했다.

"다… 당신은?"

"난 캐넌 드레이크라고 합니다. 귀하께서는 현자의 탑 마법사십니까?"

정중하고 담담하게 물어오자 마법사는 자신도 모르게 대답했다.

"그렇소."

"현자의 탑 루미트 지부 책임자인 치프 하겔드께서 보내신 겁니까?"

"그것도 맞소."

잠시 뜸을 들이던 캐넌이 문 쪽을 가리켰다.

"솔직히 대답해 주셔서 감사합니다. 저 문이 출구입니다. 조심히 돌아가십시오."

순순히 자신을 보내주려 하자 마법사는 얼떨떨한 얼굴이 되었다.

"그게 다인가? 아무것도 물어보지 않고 날 보내겠다고?"

"제가 묻는다고 비밀을 말씀해 주시겠습니까?"

마법사는 아무런 대답을 하지 못했다.

"그렇다고 고문을 할 생각도 없습니다. 그러니 이대로 돌아가도록 하십시오. 절 감시하기 위해 다시 돌아온다 해도 제

동생이 당신을 찾아낼 것입니다. 그러니 감시는 사양하겠습니다."

마법사는 별말 없이 의자에서 일어났다. 그리고 벨드를 바라보며 말했다.

"그 몸놀림, 보통이 아니더군. 캐넌 드레이크 곁에 대단한 동생이 있다고 치프 하겔드께 전하도록 하지."

그렇게 말한 마법사는 몸을 휙 돌려 문을 열고 나갔다.

계단을 내려가는 발자국 소리가 점점 멀어지자 캐넌이 그가 앉아 있던 의자에 주저앉았다.

"휘유! 엄청 긴장했네. 혹시라도 공격마법을 쓰면 어떻게 하나 해서 말야. 물론 벨드 널 믿고 있긴 했지만 긴장되는 건 어쩔 수 없더군."

벨드가 피식 웃었다.

"훗! 전혀 긴장하는 사람 같지 않던걸요?"

"그랬다면 다행이로군."

"그보다 왜 그냥 돌려보내신 거죠?"

캐넌이 고개를 가로저었다.

"저자를 통해 뭔가를 알아낸다고 해도 누설된 기밀은 변경되게 마련이지. 그저 현자의 탑에서 감시한다는 사실을 내가 알고 있다는 것만으로도 그들은 함부로 움직일 수 없을 거야. 내가 누구에게 도움을 구할지, 또 어디에 이 사실을 알리게 될지 모르기에 그쪽은 더 혼란스러울 수밖에 없겠지."

"일종의 전략이로군요."

"후훗! 전략이라고 불릴 만큼 대단한 건 아니야. 그저 상대를 혼란스럽게 만드는 잔재주일 뿐이지."

잠시 천장을 바라보던 벨드가 어깨를 으쓱거렸다.

"그래도 의리는 있나 보군요. 옥상에서 동료를 데리고 가는 걸 보니까요. 이제 주변에 의심스러운 자는 없어요."

캐넌은 놀랍다는 표정을 지었다.

"그런 것도 알 수 있는 건가? 대단하군."

"훈련을 좀 하면 가능하죠. 그보다 이젠 뭘 하죠?"

캐넌이 창밖을 바라보았다. 넓은 바다가 펼쳐져 있었고, 범선들이 항구를 들락거리기 시작했다.

"물건을 실은 배가 오늘 들어올 예정이다. 물건을 오헨리 가문까지 운송하여 발로인으로 떠날 준비를 한다."

"배는 내일 들어온다고 말씀하지 않으셨나요?"

캐넌이 의미심장한 얼굴로 웃었다.

"후훗! 다른 이들은 내일 드레이크 상가의 배가 들어올 것이라고 알고 있지만, 사실은 하루 빠른 오늘 입항하는 소형 선박에 물건이 실려 있단다. 현자의 탑의 눈을 흐리게 하기 위해 일부러 드레이크 상가의 선박 입항 스케줄표를 건물에 공지해 놓았지. 이건 벤스터 가주님조차도 아직 모르는 사실

이야."

"정말 치밀하시군요."

어깨를 으쓱거리며 미소를 지은 캐넌이 벽에 걸린 외투를 집어 들었다.

"이제 슬슬 도착할 시간이 된 듯하니 부두에 나가보자꾸나."

"네, 알겠어요."

벨드는 캐넌이 미리 준비해 놓은 마차에 올라탔다.

4대의 마차가 줄지어 달리는 중이었는데, 미스릴을 옮기기 위한 마차들이었다.

반쯤 열린 창문으로 바다 냄새가 들어왔다.

부두 지역으로 들어서자 각양각색의 선박들이 정박되어 있는 것을 볼 수 있었다.

먼 바다에 떠 있는 선박만 봐왔던 벨드는 가까이서 본 실제 선박들의 상상을 초월하는 크기에 놀라고 있었다.

"이렇게 큰 배는 난생처음이에요! 배가 이렇게 크다니!"

캐넌이 재미있다는 듯 웃었다.

"나도 처음 대형범선을 봤을 때는 너처럼 놀랐던 기억이 있단다. 이렇게 큰 배가 물에 떠 있다는 것도 신기하기도 하고 말야."

"네, 맞아요."

다양한 모양의 배를 구경하는 사이 목적지에 도착했다.

마차에서 내린 캐넌이 손으로 이마를 가리며 먼 바다를 내다보았다.

좌우로 찬찬히 살피던 그가 손가락으로 자신이 바라보는 방향을 가리켰다.

"저쪽의 검은 배를 보거라."

벨드 역시 같은 배를 찾을 수 있었다.

"우리가 정확히 시간을 맞췄군요?"

"오히려 저쪽에서 시간을 맞춘 것이지. 설혹 일찍 도착했더라도 근해에서 기다리고 있었을 것이란다."

"휘유. 대단하네요."

"원래 남의 눈을 속이는 것은 만만치 않은 일이거든."

어느새 멀리 있던 선박이 돛을 내리고 노를 저어 오기 시작했다. 아주 작게만 보이던 배는 가까이 다가올수록 크게 보이고 있었다.

―끼익, 촤악! 끼익, 촤악! 끼익, 촤악!

십여 개의 노가 수면을 때리는 소리가 들려왔다.

부두에 닿을 거리가 되자 정박되어 있던 대형 선박만큼은 아니지만 제법 큰 크기의 범선이라는 것을 알 수 있었다.

선수에 검은 늑대의 조각이 있는 것 외에는 별다른 특징이 없는 배였다. 캐넌이 중얼거렸다.

"딱 맞춰서 도착했군."

배가 정박하자 노가 수납되더니 묵직한 닻이 내려졌다.

—촤아!

갑판에 나온 선원들이 두툼한 밧줄을 던지자 항만의 작업자들이 그것을 받아 고정시켰다.

배로부터 널빤지가 밀려 나와 부두에 걸쳐졌다.

—쿵! 쿵!

널빤지를 밟는 무거운 발걸음 소리가 들려왔다.

자연스럽게 주의를 빼앗긴 벨드가 발걸음 소리의 주인을 찾았다.

해를 등지고 서 있는 거대한 체구의 존재. 그를 본 벨드는 자신도 모르게 몸이 움츠러듦을 느꼈다.

벨드의 입술 사이로 나직한 탄식이 흘러나왔다.

"야… 야수족."

그의 말대로 배에서 내린 인물은 은색의 털을 가진 야수족이었다.

전신에 금속 띠를 두른 야수족은 붉은 눈동자를 번득거리며 부두 위를 내려다보는 중이었다.

그리고 캐넌을 발견한 그는 성큼 걸음으로 걸어 내려왔다.

"크르릉. 캐넌 드레이크!"

야수족의 하얀 이빨이 그대로 드러났다.

그리고 그를 올려다본 캐넌이 환하게 웃으며 외쳤다.

"고르골! 자네가 여기에는 어쩐 일인가!"

고르골이라 불린 야수족은 거대한 팔을 펼치더니 캐넌을 와락 껴안았다,

"크룽! 반갑군, 캐넌!"

그의 품에 안긴 캐넌 역시 반가워 보이긴 했지만, 호흡이 곤란한지 안색이 창백해지고 있었다.

"고… 고르골! 이제 좀 놔주게! 두 번 반갑다가는 틀림없이 난 죽을 거야."

"크크크클! 설마 내가 친구를 죽이겠나?"

"정말 무슨 일로 루미트까지 온 건가?"

"크룽! 펜스팅항에서 현자의 탑 뺘다귀들이 수작 부리는 걸 보고선 한바탕 했다네. 생각해 보니 자네에게도 위험이 미칠지 모른다는 생각이 들어서 그 길로 이 배에 올라타고 오게 된 것이지. 크르릉!"

"나참! 정말 무대뽀로군. 야수족다워!"

"쿵! 칭찬으로 알아듣겠네."

"물론이지! 날 위해 이렇게 먼 길을 와주다니 정말 고맙네!"

캐넌은 벨드를 돌아보며 고르골을 소개했다.

"벨드, 인사하거라. 이쪽은 내가 귀금속 사업을 할 때 만나

게 된 고르골이라는 친구란다. 보다시피 야수족이지."

소개를 받은 벨드는 쭈뼛거리며 인사를 했는데, 그란데 할레의 야수족 감독관들에게 감시당했던 과거의 기억이 생생하게 떠올랐기 때문이었다.

"처… 처음 뵙겠습니다. 베르난드 길버트라고 합니다."

캐넌이 덧붙여 소개했다.

"이쪽은 내 친동생의 친구일세. 룬아머러라 내 호위를 맡을 예정이지. 굳이 자네가 오지 않더라도 난 괜찮았을 거야."

고르골은 야수족 특유의 거친 숨을 내뱉으며 벨드를 이리저리 살폈다.

"크릉! 이런 야리야리한 녀석이 룬아머러라고? 역시 내가 오길 잘한 것 같군."

"허! 벨드에게 실례지 않나?"

"킁! 실례고 뭐고 생각나는 대로 말하는 것뿐이야. 인간족의 룬아머러는 다 약골뿐이라고."

캐넌이 머리를 긁적이며 벨드에게 양해를 구했다.

"네가 이해하거라. 고르골 역시 야수족 룬아머러란다. 몇 명의 야수족 룬아머러를 만난 적이 있는데, 하나같이 자존심이 강하지. 종족으로부터 선택받은 수소만이 야수족의 룬아머러가 될 수 있으니 당연한 건가?"

"크릉! 돈만 있으면 살 수 있는 룬아머와 질적으로 다른 것이다."

"정말 못 말리겠군. 알겠으니 그만하게."

캐넌이 몇 번이나 만류하고 나서야 고르골의 잘난 척(?)을 말릴 수 있었다.

가볍게 인사를 나눈 그들은 선원들을 재촉하여 배에 실려 있던 미스릴 궤짝들을 내리기 시작했다.

검은 금속 궤짝에 자물쇠가 채워져 있었기에 선원들조차 그 내용물이 무엇인지 모르는 듯했다.

궤짝을 모두 싣자 캐넌과 일행은 마차에 탔다.

이곳에 올 때만 해도 내부가 널널했었는데, 고르골 한 명으로 인하여 숨이 막힐 만큼 비좁아졌다.

캐넌 역시 그렇게 느꼈는지 울상을 지었다.

"자네가 올 것을 알았다면 더 큰 마차를 준비했을 걸세."

"킁! 뭐 이것도 나쁘지 않군."

"우리가 힘들어서 말이지."

"인간들이 마차를 너무 작게 만드는 것이라고. 크렁!"

캐넌이 차창 밖의 말들을 살폈다.

"불편하겠지만 함부로 울음소리를 내지 말게. 말들이 놀라서 달려나갈지 모르니까."

"참, 이것저것 불편한 게 많군."

둘의 대화가 오가는 사이에 벨드는 고르골을 유심히 살피고 있었다. 고르골 역시 벨드의 시선을 느꼈는지 붉은 눈을 얇게 뜨며 얼굴을 들이 밀었다.

“뭘 그렇게 살펴보는 것이지?”

“아… 아뇨. 야수족의 룬아머는 처음 보는 것이라 신기해서요.”

고르골의 얼굴에 뚜렷한 자부심이 떠올랐다.

“크큭! 얼마든지 구경하거라. 이 룬아머는 선조들로부터 전해져 내려온 역사와 정신이 깃들어 있는 것이란다.”

“무슨 말씀인지 전혀 모르겠는걸요?”

“야수족의 룬아머는 부족의 선조들로부터 물려받는 것이다. 대를 거듭할수록 짙은 피가 룬아머에 스며들어 강력한 주술이 발동되게 되지.”

고르골이 긴 손톱이 나 있는 손가락으로 자신의 룬아머 표면을 가리켰다.

그곳에는 룬언어와는 전혀 다른 문자들이 새겨져 있었고, 이제 검은색에 가까워진 핏자국이 문자에 스며들어 있었다.

“이건 야수족들이 쓰는 주술결계다. 인간들의 룬언어와는 전혀 다른 원리로 움직이는 것이지.”

벨드가 호기심 듬뿍 담긴 눈동자를 반짝였다.

“와! 룬아머가 가동하는 것을 꼭 보고 싶어요!”

“좋아 지금 보여줄까?!”

고르골이 좁은 마차에서 마도력을 끌어 올려 룬아머를 가동시키려 하자 캐넌이 손을 휘저으며 만류했다.

"그… 그만하라고! 마차가 부서져 나가는 꼴을 보고 싶은 것인가?"

그제야 고르골을 다시 앉힐 수 있었다. 고르골이 입맛을 다시며 벨드를 향해 말했다.

"쩝, 다음번에 꼭 보여주도록 하마!"

야수족 특유의 무대포 태도를 본 벨드가 어색한 웃음을 지으며 고개를 끄덕였다.

"네… 네. 다음에 꼭 보여주세요."

"크킁! 꼭 약속하마!"

못내 아쉬운 듯한 고르골이었다.

CHAPTER
52

여정을 준비하는 사람들

어느새 그들을 태운 마차가 오헨리가에 도착해 있었다.

정원을 지나 본가 건물에 마차가 멈추자 소식을 전해 들은 벤스터가 마중을 나와 있었다.

마차에서 내리는 캐넌을 본 벤스터가 줄지어 선 마차들을 둘러보며 물었다.

"연락도 없이 갑자기 무슨 일인가? 이 많은 마차를 대동하고 말이야."

캐넌이 고개를 깊이 숙여 보이며 대답했다.

"갑자기 들이닥쳐서 죄송합니다, 벤스터 가주님."

"뭐, 죄송할 것까지야."

뒤를 돌아보자 벨드와 고르골이 마차에서 내리고 있었다.

마차보다 훨씬 큰 고르골에게 벤스터와 가솔들의 시선이 고정되었다.

"야… 야수족인가?"

캐넌이 고개를 끄덕였다.

"제 친구인 고르골이라고 합니다. 이번 발로인행 여정에 동행하기 위해서 일부러 먼 길을 찾아온 친구죠."

"흠! 야수족을 직접 본 것이 몇 번 안 되다 보니 익숙하지 않군."

"훗! 우락부락해 보여도 흉폭한 친구는 아니니 걱정하지 마십시오. 그보다 드릴 말씀이 있으니 조용한 곳으로 자리를 옮겨도 괜찮겠습니까?"

"음, 그러세."

벤스터가 앞장서서 본가로 향하자 캐넌이 벨드와 고르골을 향해 말했다.

"잠시 짐을 부탁하네. 아무도 짐을 들여다보지 못하게 해 주게."

고르골은 크르릉거리는 소리를 냈고, 벨드 역시 자연스럽게 주변을 둘러보며 마차를 호위했다.

캐넌과 벤스터는 본가로 들어갔다.

집사의 도움을 거절한 벤스터는 본가 안쪽의 작은 응접실로 들어섰다.

창가로 걸어가 두터운 커튼을 친 벤스터가 자리를 권하며 소파에 앉았다.

"여기라면 주변에 아무도 없으니 괜찮을 걸세."

"네, 벤스터 가주님. 다름이 아니라 마차에 들어 있는 것은 그 물건입니다."

벤스터가 의외라는 얼굴을 했다.

"본래 내일이 도착 예정일이 아니었나?"

"현자의 탑에서 절 감시할 것에 대비하여 잘못된 스케줄을 항간에 흘려놓았습니다. 비밀은 혼자만 알고 있는 것이 좋다고 생각했기에 가주님께도 제대로 말씀드리지 못했습니다. 사과드립니다."

너털웃음을 터뜨린 벤스터가 고개를 가로저었다.

"허헛! 아닐세. 자네의 그 철두철미한 성격이 난 마음에 드네. 이제 남도 아니고 사위될 사람이 그렇게 꼼꼼한 것을 보니 흐뭇하구먼."

"좋게 봐주시니 감사할 따름입니다."

"그럼 이제 내가 도와줄 것은 무엇인가?"

캐넌이 벤스터의 얼굴을 바라보며 또박또박 말했다.

"아마도 오늘 밤부터 내일까지 드레이크 상가의 지부는 현자의 탑의 철저한 감시에 놓이게 될 것입니다. 그래서 한 걸음 빨리 물건을 싣고 이곳으로 온 것이죠. 괜히 그들과 얽히기 전에 발로인으로 출발하려고 합니다. 그들의 눈에 띄지 않도록 물건이 실린 드레이크가의 마차를 평범한 마차로 교체해 주십시오."

"언제쯤 출발할 샘인가?"

"준비가 되는 대로 출발했으면 합니다."

소파에 등을 기대며 생각을 하던 벤스터가 이마를 긁적였다.

"늦어도 내일 새벽까지는 준비해 주도록 하지."

"감사합니다."

"그리고, 만약 자네가 괜찮다면 본가에 손님으로 있는 크레인과 플로로 두 룬아머러를 함께 동행시켜 주겠네."

"그렇게 하셔도 괜찮겠습니까?"

벤스터가 빙긋 웃었다.

"사위 될 사람이 위험한 여정을 떠나는데 그 정도 못 해주겠나? 물론 자네가 원한다면 말이지."

"오히려 제가 부탁드리고 싶은 부분입니다. 벨드와 고르골이 있지만, 이런 상황일수록 룬아머러가 많으면 든든한 것이니까요."

"그럼 둘을 준비시키도록 함세."

"하지만 오헨리가의 안전을 위해서라도 한 명은 남겨놓는 것이 좋을 것 같습니다."

"흠, 그렇다면 크레인을 동행시키도록 하겠네. 후훗! 그럼 결정되었으니 나도 서둘러 준비를 하겠네. 내일 동트기 전에 출발하는 것으로 하지."

"네, 알겠습니다."

자리에서 일어나 응접실을 나서려던 벤스터가 문득 뒤를 돌아보았다.

"아, 떠나기 전에 쥬리엘과 이야기를 좀 하게나. 평소에 참 씩씩한 아이인데 자네와 관계되면 소심해져 버리니까. 아마 발로인행 여정을 당장 떠난다는 것을 알면 굉장히 불안해할 게야."

캐넌이 빙긋 웃으며 그를 안심시켰다.

"네, 물론입니다."

"그럼 먼저 나가겠네."

"저도 뒤따르겠습니다."

그렇게 이야기 한 벤스터가 먼저 응접실을 나섰고, 천장을 올려다보며 숨을 크게 들이쉰 캐넌 역시 떠날 준비를 위해 몸을 일으켰다.

드레이크 상가 소속의 마부들이 마차의 궤짝들을 모처로

옮겨놓고 눈에 띄지 않기 위해 마차를 숨겼다.

벨드와 고르골이 캐넌을 도와 잡일을 몇 가지 처리하자 금세 해가 뉘엿뉘엿 저물고 있었다.

일을 마무리 지은 벨드와 고르골은 저녁 식사를 하기 위해 캐넌을 따라 본가 건물로 들어섰다. 고르골은 끊임없이 실내를 두리번거렸다.

"크릉! 인간들은 꼭 이렇게 살아야 하는 건가?"

벨드가 물었다.

"어떤 점에서 그렇죠?"

"비와 바람을 피할 정도의 공간만 있으면 되는데, 이렇게 필요 이상으로 큰 건물을 만들어야 하는 건가 싶어서 말이지. 우리 야수족은 쓸데없는 데 힘 낭비하는 걸 싫어하지."

앞서 걷던 캐넌이 가볍게 웃었다.

"그러니 다른 종족들한테 문화가 없는 종족이라고 놀림받는 게 아닌가?"

"킁! 문화가 없다니! 조상들이 내려준 이 몸과 힘이 우리에겐 문화 그 자체라네!"

"아아! 알았으니까 열 내지 말라고. 농담일세."

고르골은 더 이상 아무 말 하지 않았다. 캐넌이 화려한 문양이 새겨진 하얀 문을 밀었다. 경첩 소리 하나 내지 않으며 매끄럽게 문이 열렸고, 연회장에 가득 차 있던 음식 냄새가 풍겨 나왔다.

십여 명의 하인이 동원되어 마련한 만찬이 긴 식탁 위를 가득 채우고 있었다. 벨드는 후각이 자극되자 갑자기 허기가 몰려옴을 느꼈다.

"음식이 정말 많은걸요?"

하인들과 함께 만찬을 준비하던 쥬리엘이 빙긋 웃으며 대답했다.

"다들 오랫동안 만나지 못할 테니 양껏 드시라고 신경 많이 썼어요."

벨드가 씨익 웃으며 말했다.

"훗! 굳이 따지자면 캐넌 형님을 위한 만찬인 것이겠죠?"

쥬리엘이 얼굴을 붉히며 말을 더듬거렸다.

"아… 아니라고요! 베르난드 군이나, 옆에 계신 야수족 손님도 헤어지는 게 서운해서 그렇다고요!"

"아, 예! 어제 처음 본 저나, 이름도 모르는 야수족 손님을 위해 이렇게까지 성대하게 환송해 주시니 너무나 감사합니다."

벨드의 장난 섞인 말투에 쥬리엘은 혀를 삐죽 내밀며 고개를 휙 돌렸다.

이야기가 길어져 봐야 자신만 무안해진다는 사실을 깨달은 것이었다.

하인들을 돕는 시늉을 하며 멀어지는 그녀를 본 벨드가 머리를 긁적였다.

"만난 지 얼마 되지도 않았는데 장난이 심했던 건가요?"

캐넌이 웃으며 그의 어깨를 두들겨주었다.

"딱딱하게 굳어 있는 사이보다는 좋잖아? 쥬리엘 양도 장난기가 많은 아가씨라 네 행동이 싫지는 않을 거다."

그들이 뭘 하든 관심 없다는 듯 서 있는 고르골. 그는 이성의 끈을 겨우겨우 잡고 있는 중이었다. 인간족에 비해 후각이 수십 배나 발달한 그로서는 식탁에 뛰어들지 않는 것만으로도 칭찬받아 마땅했다.

"크르르릉. 힘들군."

벨드가 안절부절못하는 고르골에게 물었다.

"어디 불편하세요?"

"저… 저 음식들을 먼저 퍼먹으면 인간족의 예의가 아니겠지?"

"가주이신 벤스터님께서 오실 때까지는 기다려야죠. 이 중에서는 가장 수장이니까요."

"크릉! 정말 빌어먹을 예절이로구만."

캐넌이 그런 고르골을 보며 웃음을 터뜨렸다.

"하핫! 의도치 않게 자네를 고문하는 모양새가 돼버렸군. 지금까지 참고 있는 것만으로도 대단하다고 해주지."

"컹! 장난칠 기분이 아니니 조용히 하게!"

고르골이 소리를 지르자 하인들의 손이 멈칫거렸다. 캐넌이 겁먹은 하인들을 다독거린 후에야 만찬 준비가 진척되었다.

얼마 지나지 않아 연회장 문이 열리며 벤스터와 에이미가 들어왔다.

특히 외출에서 돌아온 에이미가 헐레벌떡 뛰어와 실내를 둘러보더니 고르골에게 시선이 멈췄다.

"우와! 정말이군요! 야수족의 룬아머러라더니 진짜였어!"

호들갑스럽게 떠들던 그는 인내를 쌓고 있는 고르골의 옆으로 달려왔다.

"만나서 반가워요! 저는 에이미 오헨리라고 해요! 인간족의 룬아머러 견습생이죠!"

고르골이 붉은 눈동자를 게슴츠레 뜨며 에이미를 바라보았다.

"관심 없다. 크릉! 지금 내 관심사는 유일하게 이 음식들이다. 그러니 볼일이 있으면 식사 후에 하도록."

"아… 네… 네!"

에이미는 그의 기운에 눌려 건너편 자신의 자리로 쪼르륵 달려가 앉았다.

고르골을 본 벤스터가 상석에 앉으며 말했다.

"이런, 손님을 너무 오래 기다리도록 만들었나 보군. 우선 식사부터하고 이야기를 나누도록 하세. 많이들 들게나."

고르골은 벤스터의 말이 마음에 들었는지 크게 웃으며 외쳤다.

"감사합니다! 가주님. 그럼 잘 먹도록 하겠습니다! 크릉!"

그렇게 이야기한 고르골은 포크와 나이프를 잡았다.

고르골에게는 식기들이 두 손가락만으로도 겨우 잡을 만큼 작았다.

접시 위의 고기를 썰던 그는 마음대로 되지 않자 맞은편에 앉은 캐넌의 눈치를 봤다.

캐넌이 모르겠다는 듯 고개를 저으며 시선을 피하자 고르골은 포크와 나이프를 내려놓으며 손을 쓰기 시작했다.

"야수족은 야수족만의 식사법이 있으니까! 킁!"

고르골은 테이블 한가운데 놓인 통돼지구이의 넓적다리 하나를 손으로 뜯었다.

—우두둑!

그리곤 날카로운 이빨을 드러내며 공격적으로 뜯기 시작했는데, 급했는지 뼈까지 함께 씹었다.

"컹컹! 맛있군! 맛있어! 역시 인간의 요리가 최고야!"

고르골 한 명을 제외한 벤스터를 비롯한 오헨리가의 식구들, 그리고 캐넌과 벨드는 멍하니 그의 식사 모습을 지켜보고 있었다.

음식물들은 씹히지도 않은 채 목구멍 속으로 넘겨졌다.

그의 가까운 곳에서부터 빠른 속도로 음식들이 사라져 가는 중이었다.

벨드는 그란데할레를 나온 후 처음으로 자신의 밥그릇 걱정이 되었다.

"이러다간 먹을 게 남아나지 않을지도 몰라."

다른 이들 역시 그의 혼잣말에 수긍하는 듯 서둘러 포크와 나이프를 들고 눈앞의 음식들을 먹기 시작했다.

식사가 끝난 것은 그로부터 얼마의 시간이 지나지 않아서였다.

고르골에 의해 식탁 위의 요리는 순식간에 바닥났고, 식기들은 여기저기 어지럽게 나뒹굴었다.

쥬리엘은 먼 곳으로 떠나는 캐넌을 위해 오붓하고 단란한 만찬을 준비했던 것이었는데, 순식간에 난장판이 되자 표정이 어두워졌다.

그것을 아는지 모르는지 고르골이 뾰족한 이빨 사이를 손톱으로 긁어내며 말했다.

"내 평생 가장 맛있는 식사였습니다! 컹! 제가 다녔던 그 어떤 도시의 음식보다 훌륭했다고 장담할 수 있을 정도였습니다. 감사드립니다, 벤스터 가주님. 크룽!"

멋쩍게 웃은 벤스터가 쥬리엘을 바라보며 대답했다.

"내가 뭘 한 게 있겠소? 쥬리엘이 만찬을 준비하느라 애썼지. 칭찬은 저 아이에게 해주시오."

예민했던 모습은 온데간데없어진 고르골이 고개를 살짝 숙이며 쥬리엘에게 감사 인사를 건넸다.

"과연 캐넌이 결혼을 하기로 결정한 데는 그만한 이유가 있었군요. 아름다운데다가 요리까지 잘하시니 말입니다. 크룽."

쥬리엘의 표정은 몇 마디 칭찬에 쉽게 누그러졌다. 게다가 캐넌을 언급하자 더없이 기분이 좋아진 것이었다.

"호홋! 별말씀을요. 이 정도는 누구나 할 줄 아는 일인걸요."

에이미는 쉽게 기분이 바뀌는 누나를 보며 고개를 절레절레 흔들었다. 고르골의 기분이 좋아진 듯하자 에이미가 조심스럽게 말을 걸었다.

"야수족은 요리를 하지 않는다죠?"

배가 부른 고르골은 아까와는 다르게 제법 친절한 목소리로 대답했다.

"컹! 야수족은 천성적으로 요리를 할 수가 없는 종족이란다. 요리를 하면서 풍기는 냄새를 참을 수가 없어서 금세 먹어버리거든! 과거에 요리를 하려고 도전해 봤지만 번번이 실패를 했지. 본능은 억누를 수가 없으니까 말이야."

"하하핫! 정말 대단한 식욕이로군요?"

"그럼! 인간과는 달리 야수족은 생고기를 먹더라도 아무 탈이 나지 않으니까."

어느새 식탁에 앉은 사람들이 그의 이야기에 재미를 느끼는지 부드러운 분위기가 되었다. 조금 신이 난 고르골이 이야기를 꺼냈다.

"야수족의 식욕은 정말 엄청나지. 나는 오늘 예절을 지키느라 별로 발휘하지 못했지만 말이야."

"푸웃!"

쥬리엘이 참지 못하고 웃음을 터뜨렸다.

그에 전혀 연연하지 않은 고르골의 이야기가 이어졌다.

"재미있는 이야기를 하나 해주마. 예전에 야수족 3명과 인간족 3명이 같이 숲에서 만나 야영을 하게 되었지. 당시만 해도 야수족과 교류가 많지 않았던 인간족들이 야수족들에게 겁을 먹고선 잘 보이기 위해 음식을 준비했단다. 인간족들은 요리가 완성되는 동안 먼저 먹으려는 야수족들을 계속 말렸고, 야수족의 식욕은 극에 달했지. 결국 요리가 완성되어 식사를 시작하자 다들 너무나 정신없이 먹었던 거야. 식사를 마치고 주변을 돌아봤더니."

이야기를 듣던 쥬리엘이 끼어들었다.

"어떻게 됐나요?"

"글쎄 인간족이 둘만 남아버렸죠! 킁킁킁!"

"으윽!"

고르골은 재미있어 죽겠다는 듯 배를 두들기면서 웃었고, 쥬리엘과 에이미의 얼굴은 창백해졌다.

"그 후로 인간족들은 야수족이라고하면 괜히 어려워하기 시작했죠. 야수족이라고 일부러 그런 것도 아닌데 말이야."

입가를 닦은 캐넌이 그의 말을 막았다.

"흠흠! 그만하게, 고르골. 자네의 재미없는 이야기 때문에 한참 좋았던 만찬 분위기가 썰렁해졌잖나?"

고르골은 믿기지 않는 다는 듯 주변 사람들을 둘러보았다.

"왜? 설마 내 이야기가 재미없었다고? 맙소사! 유머를 모르는 인간족들이로구만!"

캐넌이 믿기지 않는다는 듯 떠드는 고르골을 외면하며 안색이 안 좋아진 쥬리엘의 손을 잡아주었다.

"저 친구의 이야기는 신경 쓰지 않아도 됩니다. 그냥 야수족들 사이에 떠돌아다니는 농담일 뿐이니까. 식사를 맛있게 했더니 조금 달콤한 게 먹고 싶은데 혹시 디저트가 있습니까?"

"어머, 내 정신 좀 봐. 과일파이를 준비해 놨어요!"

하녀들이 디저트와 차를 서빙했다. 그것들로 입가심을 하고 나서야 연회장의 분위기가 원래대로 돌아올 수 있었다.

식사를 마치고 남자들은 응접실로 자리를 옮겼다.

사교계를 많이 접해봐서인지 벤스터와 캐넌은 자연스럽게 궐련을 주고받으며 불을 붙였고, 벨드와 고르골은 두 사람이 하는 양만 지켜보는 중이었다.

물론 아직 나이가 어린 에이미는 이 자리에 끼고 싶어 발버둥 쳤지만 벤스터에 의해 완강히 거부되었다.

궐련이 타들어가며 하얀 연기를 피워 올렸다.

벨드는 파이프 담배를 늘 물고 사는 헥터 때문에 익숙했지만 고르골에게는 낯선 모습인 듯했다.

그는 어느새 친숙해져 버린 벨드의 옆구리를 찔렀다.

"킁! 벨드, 너도 저 이상한 것을 피우나?"

테이블 위에 놓인 쿠키를 주워 먹던 벨드가 대답했다.

"아, 궐련 말이군요? 아뇨. 왜 해야 하는지도 모르겠는걸요? 야수족들도 궐련을 피우지 않나요?"

"전혀! 저걸 왜 피우는 것이지?"

벨드에게 물어봐야 대답할 수 있을 리가 없었다.

연기를 내뿜은 캐넌이 대신 궁금증을 풀어주었다.

"이걸 피우면 긴장이 풀린다네. 가슴이 진정되지."

"긴장? 지금 전장도 아닌데 풀 만한 긴장이 있단 말인가? 역시 이해가 안 되는군."

"야수족이야 워낙 간담이 크니 우리처럼 대사를 앞두고 긴장하거나 하지 않겠지."

"이해할 수 없는 느낌이로군. 그래도 새로운 문화를 배우는 것은 나쁘지 않지. 나도 피워볼 수 있겠나?"

벤스터는 호기심 가득한 눈빛으로 나무로 된 궐련상자를 내밀었다.

뾰족한 손톱으로 궐련을 집어 든 고르골은 마도력을 끌어올려 불을 붙였다.

처음 궐련을 피워본 그는 요령 없이 힘껏 빨아들였다.

손가락 두 개 두께의 궐련이 붉은빛을 내며 순식간에 타들어갔다.

한 개비당 최소 2실드는 줘야 구할 수 있는 최고급 궐련이 한 번에 타들어가는 안타까운 순간이었다.

더욱 안타까운 것은 고르골의 폐로 빨려든 연기가 그대로 입 밖으로 뿜어졌다는 것이다.

"쿨럭! 쿨럭 케엑! 대체 이게 뭔가? 이거 산불 속에서 허우적거리는 기분이로군!"

벨드는 재미있다는 듯 웃었다.

"절묘한 표현이로군요. 산불 속에서 허우적거리는 기분이라니."

"하지만 정말이라고! 매워 죽는 줄 알았네."

벤스터가 그의 이해를 도왔다.

"궐련은 마시는 게 아니라 입에 머금었다가 내뱉는 걸세. 그리고 입에 남는 맛과 향을 즐기는 게지. 그것만으로 충분하네. 이렇게 말일세. 스읍! 후우!"

"그렇단 말입니까?"

고르골이 설명대로 따라해 보려 했지만 포기할 수밖에 없었다.

구강 구조상 입 볼이 없었던 야수족은 입에 연기를 머금는 일이 자체가 불가능했기 때문이다.

고르골은 금세 궐련을 꺼버렸다.

"야수족이 왜 이걸 안 피우는 줄 알겠군! 쳇!"

다들 야수족 전사의 인간족 적응 과정을 구경하며 이번 여정에 대한 이런저런 이야기를 나누기 시작했다.

한창 이야기가 무르익고 밤은 깊어져 갔다.

분위기가 소강상태가 되자 캐넌이 자리에서 일어났다.

"잠시 쥬리엘과 이야기를 나누고 오겠습니다."

벤스터는 이해한다는 듯 고개를 끄덕였고, 양해를 구한 캐넌이 응접실을 나섰다.

쥬리엘이 이 시간에 있을 곳은 많지 않았다.

2층 연회장의 발코니를 가장 좋아했는데, 하루 일과를 마치고 그곳에서 바람 쐬는 일을 좋아했기 때문이었다.

또 자신이 그곳에 있을 것이라는 사실을 캐넌이 알고 있다는 점도 한몫했다.

2층 복도로 올라가자 연회장에서 발코니까지의 문이 활짝 열려 시원한 바람이 불어왔다.

높은 천장에서부터 내려온 흰 커튼이 바람에 나풀거렸다.

그리고 발코니의 한가운데 쥬리엘이 서 있었다.

"오늘도 이곳에 있었군요, 쥬리엘 양."

쥬리엘이 캐넌의 목소리에 반갑게 뒤를 돌았다. 웨이브 진 머리카락이 아름답게 흩날렸다.

"어머, 어떻게 찾아오셨죠?"

"훗, 쥬리엘 양이 이 시간에 있을 만한 곳이 많지 않죠."

"어머, 저에 대해 이제 잘 아시는군요?"

큰 눈동자를 반짝였다. 20살의 어린 나이. 정혼자에게 예쁘게 보이려는 태도가 그녀를 귀엽게 만들었다. 그녀에게 다가간 캐넌이 옆에 나란히 섰다.

"이곳의 풍경은 오늘도 아름답군요. 바다의 하늘은 별이 많아서 좋죠."

"네, 맞아요. 부모님께서 돌아가시고서 그리움을 잊기 위해 매일 밤 이곳에 왔어요. 별을 올려다보면 오히려 저 속으로 빠질 듯한 착각이 들어 다른 생각을 할 수 없었죠."

잠시 뜸을 들이던 캐넌이 물었다.

"지금도 부모님이 그리운가요?"

쥬리엘이 머리를 가로저었다.

"아뇨, 오래전의 일인걸요. 그리고 앞으로 캐넌님과 함께할 생각을 하니 전혀 외롭지 않아요."

"다행이군요. 저도 쥬리엘 양에게 도움이 되어서."

캐넌이 따뜻한 미소를 지어 보였다.

"도움이라니요! 그 정도가 아니에요. 이제 캐넌님을 뺀 제 인생은 생각할 수도 없으니까요."

그녀를 만난 지 불과 몇 개월. 자신에게 이토록 순수하게 정을 주는 순수한 여성이라는 것이 사랑스럽게 느껴졌다.

"제게도 쥬리엘 양이 그렇습니다."

캐넌의 감정표현에 쥬리엘의 얼굴이 붉어졌다.

캐넌이 조심스러운 손길로 그녀의 볼을 쓰다듬었다.

복숭아처럼 부드럽고 폭신한 살결이었다.

"이번에 발로인으로 돌아가면 가족들에게 결혼 소식을 말씀드릴 겁니다. 그리고 결혼식 날짜가 정해지는 대로 전서구를 통해 날짜를 전해 드리도록 하겠습니다."

쥬리엘의 눈동자가 몽롱하게 변했다.

"드디어 결혼을 하게 되는군요. 그런데, 혹시라도 가족들이 결혼을 반대하면 어떻게 하죠?"

"그럴 리가요. 또 만에 하나 반대하더라도 잠자코 있을 제가 아닙니다. 쥬리엘 양은 모르겠지만, 집안에서 제 고집에는 다들 혀를 내두르죠. 그 엄한 할아버지와 아버지께서도 결국 두 손 두 발 다 드시니 큰 문제 없을 겁니다."

"그래도 집안의 어른들께서 반대하는 결혼은 하기 싫은걸요? 직접 만나 뵙고 인정을 받는 건 어떨까요?"

"하핫! 상황이 좋다면 그렇게 하는 것이 가장 좋겠죠. 하지만 도시 밖에는 둔켈들이 우글거리고 있답니다. 제가 꼭 승낙을 얻어낼 테니 걱정 안 하셔도 됩니다."

"그래도……."

캐넌이 다시 한 번 고개를 내젓자 더 이상 쥬리엘은 말하지 않았다.

—와락!

쥬리엘이 조용히 캐넌의 품에 안겼다.

평소라면 이렇게 과감한 행동을 하지 않았을 테지만 위험한 여정에 오르기 전 날이라 그런지 감상적이 된 듯했다.

캐넌은 그런 심정을 이해하는지 머리를 쓰다듬으며 가슴

을 내주었다.

딱 달라붙은 두 사람은 꽤나 오랜 시간 떨어지지 않고 이야기를 나누었다.

CHAPTER
53

캐넌 상단

이튿날.

이른 아침부터 오헨리가는 분주했다.

모두 네 대의 마차가 저택 앞에서 여정을 준비하고 있었다.

짐꾼들이 무거운 궤짝들을 날라 마차에 싣는 중이었는데, 하나씩 올릴 때마다 마차가 출렁거릴 정도였다.

캐넌은 신중한 얼굴로 짐꾼들에게 지시를 내리는 중이었다.

"안쪽부터 잘 싣도록 하게. 고정을 제대로 하지 않으면 휘청거려서 말이 금방 지쳐 버리니까!"

언젠가부터 높은 계단에 앉아 캐넌을 지켜보는 에이미. 그를 발견한 벨드가 조용히 뒤로 다가와 놀래켰다.

"워!"

"악!"

"하하! 뭐하고 있는 거야?"

놀란 가슴을 쓸어내리던 에이미가 짜증을 냈다.

"베르난드 스승님! 엄청 놀랐잖아요!"

"훗! 아까부터 캐넌 형님을 멍하니 보고 있길래 궁금해서 와봤지. 뭘 그렇게 유심히 보고 있는 건데?"

"뭐, 그냥……."

벨드는 에이미의 옆에 털썩 앉았다.

"캐넌 형님 멋지지? 나이가 아주 많은 것도 아닌데 저렇게 일사천리로 일을 처리하고 말이야."

"네, 맞아요."

물끄러미 에이미를 바라보았다.

"음, 너무 순순히 인정해 버리는걸?"

"사실이니까요. 오늘 캐넌 형님이 일하시는걸 보니 상인도 멋있을 수 있구나 하는 생각이 들었어요. 그리고 누나가 캐넌 형님에게 반한 것도 어느 정도 이해가 되고요."

"너 갑자기 왜 그래?"

"그저께는 누나를 힘들게 하고 싶지 않아서 아무렇지 않은 척했지만 사실 캐넌 형님이 그만큼 대단한 사람이라고 인정하지 않았어요. 그런데 이틀간 유심히 보니까 정말 좋은 사람 같더군요. 저런 사람이라면 우리 누나를 맡겨도 후회하지 않을 것 같아요."

"흠, 며칠 사이에 어른이 된 것 같은데?"

칭찬에 쑥스러웠는지 뜬금없이 잘난 척을 했다.

"헷! 원래 저는 나이에 비해 굉장히 성숙한 편이라고요! 왠지 이 제자가 새롭게 보이지 않나요?"

벨드가 그의 머리에 꿀밤을 가볍게 때렸다.

"아직 제자로 완전 인정한 게 아니잖아? 그러니 너도 멋진 남자가 되서 누나를 지켜줄 수 있을 때까지 열심히 노력해! 캐넌 형님보다 훨씬 멋진 사람이 되라고."

에이미는 꿀밤 맞은 자리를 매만지며 투덜거렸다.

"저는 캐넌 형님이 목표가 아니라 베르난드 스승님이 목표라고요!"

"언젠 슈반스님이라고 하더니."

"제가 볼때는 슈반스님보다 베르난드 스승님이 훨씬 강할 것 같은걸요! 분명 베르난드 스승님과 싸우면 슈반스님이 질 거라고요."

벨드는 나직한 목소리로 대답했다.

"아니, 결코 그분과 싸우고 싶지는 않다."

"에? 슈반스님을 잘 아시는 것처럼 말하네요?"

"당연하지. 내 스승님이셨으니까."

에이미의 눈이 부릅떠졌다.

"에엑! 베르난드 스승님 대단한 사람이었군요? 왜 그 이야기를 이제서야 해주시는 거예요! 그럼 저는 슈반스님의 사손(師孫)이 되는 거네요! 우와! 엄청나다!"

벨드가 피식 웃었다.

"녀석, 너무 앞서 나가버렸군. 딴생각은 그만하고 네가 앞으로 해야 할 일이나 잘해라. 황립 룬아머러 아카데미에 입학도 못하고 끝나 버리는 수가 있으니까."

"익! 그럴 리는 없을 거라고요!"

"훗! 그때 가봐야 알 일이지. 난 이제 회의를 하러 가야겠다."

벨드가 자리를 털며 일어났다.

"오, 내가 광창 슈반스의 사손이란 말이지? 학교 녀석들 놀라 뒤집어지겠군. 흐흐흐!"

에이미는 뭐가 그렇게 신났는지 혼자 이죽거리며 그 자리에서 망상의 나래를 펼치기 시작했다.

벤스터와 캐넌, 크레인, 고르골, 그리고 벨드가 응접실에 모여 있었다.

헤일런 연방왕국의 전도를 펼쳐 놓고 이동 루트를 설정 중이었는데, 지리에 대해 가장 잘 아는 벤스터와 크레인이 회의를 이끄는 중이었다. 크레인이 상황을 설명했다.

"정황상 포탈라인은 이용할 수 없기 때문에 그쪽 루트는 배제하겠습니다. 가장 빠른 길은 루겐트 숲 중심부를 통과하는 것인데 며칠 전 겪었듯이 위험 부담이 큽니다. 루겐트 숲에 둔켈들이 얼마나 있는 줄도 모르고, 무거운 짐을 실었기 때문에 추격을 당하면 꼼짝없이 당하는 수밖에요."

그의 이야기를 듣던 벨드가 동의했다.

"저도 저 짐을 가진 채로 루겐트 숲을 통과하는 것은 어렵다고 생각해요. 가장 안전한 것은 배를 타는 것인데, 수로를 이용하는 방법은 없을까요?"

유심히 지도를 살펴보던 캐넌이 대답했다.

"물론 수로를 이용하면 안전하고 편리하겠지만, 북쪽의 발론 운하까지 돌아가야 하니 2주일 이상 걸리게 될 거야. 그렇게 되면 본가에서 요청한 기한을 훌쩍 넘기게 되지."

"생각보다 더 오래 걸리는군요."

벤스터는 이동 루트에서 루겐트 숲 통과와 수로를 제외시켰다.

이마를 매만지며 생각 중이던 그는 남부 케스커드와 발로인 사이의 경로를 짚으며 말했다.

"루겐트 숲의 남쪽은 다른 곳에 비해 좁은 구간이지. 시간이 조금 더 걸리더라도 루겐트 숲의 남쪽을 통과하여 케스커드 공국의 북부 우회로를 이용하는 편이 가장 좋을 듯하군. 들리는 바에 의하면 케스커드는 아직 둔켈 침공이 발생하지 않은 곳이라고 하니 말일세."

캐넌 역시 동감했다.

"앞으로 전황이 어떻게 변할지 모르겠지만, 그편이 가장 좋을 듯하군요. 루겐트 숲의 남쪽은 반나절이면 통과할 수 있을 테니까요."

별다른 생각이 없었던 고르골은 왠지 자신이 제외되는 기분을 느꼈는지 의미 없는 말을 내뱉었다.

"쿵! 나도 그렇게 생각한다네. 모두 생각이 똑같구만! 크르릉!"

하루 만에 눈앞의 야수족의 성향을 파악한 벤스터가 편히 웃으며 말했다.

"흐음, 대략 닷새간의 여정이 되겠군. 그에 적절한 식료품을 준비하도록 하지."

"네, 부탁드리겠습니다. 저도 쥬리엘에게 작별 인사를 하고 오도록 하죠."

회의를 마무리한 벤스터와 캐넌은 채비를 확인하기 위해 응접실 밖으로 나갔고, 벨드와 고르골, 크레인은 그 자리에 남아 대화를 나누었다.

"흐음, 루겐트 숲 남부가 비교적 좁다고는 하지만 50켈리 가량 되는 거리일세. 여기를 통과하는 도중에 별다른 문제가 없었으면 좋겠군."

"아무 일 없길 바라야죠."

고르골은 소파에 느긋하게 앉아 손톱으로 이빨 사이를 파며 말했다.

"크릉! 뭘 그렇게 걱정을 하나? 둔켈들이 나오면 실컷 두들겨서 소멸시켜 버리면 될 것을 말이야! 킁! 우리 야수족 전사들은 그런 것 따위는 미리 걱정하지 않지. 강한 놈들이 나오면 영광스럽게 죽으면 되는 것이고. 크릉!"

크레인은 야수족의 사고에 고개를 내저으며 하던 이야기를 이었다.

"일단 마부도 경험이 풍부한 자들로 선별해 놨다네. 그러니 만에 하나 둔켈이 습격하더라도 잘 대처할 수 있을 것이야."

"룬아머러는 그럼 두 분과 저까지 세 명인가요?"

"뭐, 그렇지. 평상시라면 큰돈을 들여서 프리랜서 룬아머러 한두 명은 더 구할 수 있었겠지만, 동원령 때문에 그조차도 쉽지 않거든. 그러니 가주님께서 자네를 데려오기 위해 그렇게 애를 쓴 것이지. 룬아머러 한 명이 더 있고 없고는 큰 차이니까. 뭐, 어쨌든 고르골 저 친구가 합류한 것도 우리로서는 큰 힘이지."

"그렇군요."

크레인이 테이블 위에 펼쳐 놓았던 지도를 잘 접어 품속에 넣었다. 그리곤 벨드를 아래위로 훑어보며 물었다.

"자네는 그 차림으로 떠나려고 하는 것은 아니겠지?"

벨드는 자신의 옷차림을 내려다보았다. 누가 보더라도 연회에 나가는 옷차림이지 여정을 떠나는 자의 옷차림은 아니었다.

"아, 쥬리엘 아가씨가 원래 입고 있던 전투복을 가지고 간 듯해요. 이 옷밖에는 가지고 있는 게 없어서……."

"흐음, 그런 옷차림으로 룬아머를 착용했다간 불편해서 잘 못 움직일 걸세."

이번에도 심심했던 고르골이 끼어들었다.

"뭐 하러 그런 불필요한 것을 입고 다니는지 모르겠군. 인간들은 참 쓸데없는 데 신경을 쓴다니까. 크릉!"

크레인은 자연스럽게 그의 말을 무시했다.

"날 따라오게나. 플로로와 몸집이 비슷하니 여분의 전투복이 있나 물어보도록 하지."

"네, 감사합니다."

플로로의 숙소에 들른 벨드는 옷을 갈아입었다.

몸에 살짝 달라붙는 짙은 갈색의 전투복.

오히려 원래 입던 전투복보다 한결 편안했는데, 어깨와 팔꿈치, 다리의 관절 부분이 움직일 때마다 이완했던 것이다.

"이거 정말 특이한 전투복이로군요? 관절 부위가 늘어나다니 말이에요."

감탄을 터뜨리고 있는 벨드를 향해 크레인이 웃으며 말했다.

"바다 건너 '둘라쉬' 라는 나라에서 수입되는 고무 실을 일반 실과 섞어 짠 걸세. 수입되는 양이 극히 적어서 이곳 루미트에서나 구할 수 있는 소재지. 나중에 일을 마치면 플로로에게 꼭 돌려주게. 우리도 벤스터 가주님을 통해 겨우 몇 벌 맞췄을 뿐이니까."

벨드는 조용히 앉아 있는 플로로를 향해 고마움을 표했다.

"잘 입고 돌려 드리도록 하겠습니다, 플로로님."

플로로는 손을 휘휘 저었다.

"따로 돌려주지 않아도 괜찮네. 지난번 도와준 것에 대한 답례일세."

"아, 감사합니다."

벨드는 다시 한 번 몸을 움직여 보며 그 편안함에 연신 탄성을 지르고 있었다.

고르골 역시 호기심이 생겼는지 손톱으로 전투복을 당겼다 놓았다. 전투복은 자연스럽게 늘어났다 줄어들었다.

"킁! 그게 그렇게 편하냐?"

"네, 엄청 편한걸요?"

"흠, 나에게 맞는 것은 없겠지?"

은근한 말투로 물어보았지만, 크레인은 한 치 서슴없이 고개를 저었다.

"전혀 없소. 방금 전까지만 해도 맨몸이 좋다고 하지 않았소?"

"킁! 체엣! 아직까지 그 생각이 변한 것은 아닐세. 그냥 궁금했던 것이지. 크르릉!"

—똑똑!

노크 소리가 들리며 하인 한 명이 들어왔다.

"가주님께서 준비가 다 되었다고 전해 달라셨습니다."

"아, 알겠네. 자, 이제 나가보자고."

벨드와 고르골, 크레인은 하인의 안내를 받으며 밖으로 나섰다.

모든 준비를 마친 네 대의 마차가 오헨리가의 본가 건물 앞에 서 있었다.

떠나는 사람은 모두 마차에 올라탔고, 캐넌은 오헨리가의 식구들과 인사를 주고받는 중이었다. 벤스터가 손을 내밀며 말했다.

"부디 무사한 모습으로 다시 보세."

"네, 벤스터 가주님. 든든한 일행이 있으니 너무 걱정하지 않으셔도 됩니다."

고개를 돌린 캐넌은 쥬리엘에게 말했다.

"쥬리엘 양도 다시 볼 때까지 건강하게 지내시길……. 내 금방 안전하게 도착했다는 소식을 전해주겠소."

별일 없을 것이라 믿어 의심치 않았지만, 왠지 눈물이 나는 것을 쉽게 멈출 수 없었다.

그런 자신의 모습이 캐넌의 마음을 무겁게 할 것이라 생각한 쥬리엘은 애써 웃는 모습을 보여주었다.

"네, 조심히 다녀오세요."

그리고 그녀는 용기를 내어 캐넌의 입술에 가벼운 입맞춤을 해주었다.

"행운을 기원하는 키스예요."

그 모습을 본 에이미가 눈살을 찌푸렸다.

"칫! 아직 어린 동생 앞에서 너무한 거 아냐? 캐넌 형! 조심해서 다녀오세요."

"응, 고마워."

"베르난드 스승님이 잘 지켜주실 테니 너무 걱정하지 말고요."

"후훗! 그러마."

인사가 끝나자 캐넌이 마차에 올라탔다.

따각이는 말발굽 소리와 함께 네 대의 마차가 줄지어 오헨리가의 정문을 통과해 나가기 시작했다.

떠나는 사람, 남은 사람들 사이에 걱정과 아쉬움, 그리고 다시 만날 날에 대한 희망이 교차하고 있었다.

거대한 가죽 의자에 기대어 있는 뚱뚱한 남성. 마법사의 로브 대신 밝은 파란색의 정장을 잘 차려입고 있었다.

현자의 탑 루미트 지부의 책임자인 치프 직책의 하겔드. 마법사가 아닌 외부의 상인 출신으로 이곳 루미트에서 현자의 탑에 필요한 물품 조달을 담당하고 있었다.

그럼에도 치프라는 직책을 가졌는데, 치프는 마스터의 바로 아래급 직책으로서 현자의 탑에서는 상당한 지위였다.

그는 불이 붙은 궐련을 빽빽 빨더니 신경질적으로 재떨이에 비벼 껐다.

—치이이익!

그리고 분을 참지 못하고 자신의 책상을 주먹으로 때렸다.

—쿠웅!

"이런 머저리 같은 놈들! 드레이크가의 어린놈에게 감시하는 걸 들키더니 이제는 어디로 사라졌는지 모르겠다고?! 그걸 말이라고 지껄이는 겐가?!"

벨드에게 발견되었던 두 명의 마법사. 그들은 입이 열 개라도 할 말이 없는 입장이었는데, 캐넌이 종적을 감춘 데다가 오늘 도착하기로 한 드레이크가의 선박에서는 아무것도 발견되지 않았기 때문이었다.

"죄… 죄송합니다. 치프 하겔드!"

"죄송하면 단가?!"

"드… 드릴 말씀이 없습니다."

하겔드의 살집 잡힌 얼굴이 흉하게 일그러졌다.

"이런 놈들에게 일을 맡긴 내 실수다. 크… 놈들은 이미 루미트를 완전히 빠져나가 있겠지? 어디가 목적지라고 생각되나?"

마법사 중 한 명이 대답했다.

"아무래도 발로인이 아니겠습니까? 그렇게 미스릴에 집착하는 것을 보면 드레이크 상가가 본 탑에서 독점하고 있는 룬아머러 제작 사업에 발을 담그기 위한 것으로 생각됩니다. 어떻게 기술력을 확보했는지는 모르겠지만……. 어쨌든 그런 일을 할 수 있는 곳은 드레이크 상가의 본가가 위치한 발로인밖에 없을 겁니다."

"그래도 대가리는 좀 돌아가는 녀석이군. 자네들도 알다시

피 룬아머러 제작은 본 탑의 주된 수입원이다. 어떻게 해서든 놈들이 발로인에 도착하는 것은 막아야 한다."

"네! 알겠습니다!"

하겔드가 눈을 얇게 뜨며 물었다.

"그럼 어떻게 할 생각인가?"

"예?!"

"뭘 되묻는 건가? 어떻게 할 것이냐고 물었다!"

두 마법사는 끙끙 앓을 수밖에 없었다. 막상 물어와도 뾰족한 수가 나올 리 만무했던 것이다.

하지만 궁지에 물리면 어떻게 해서든 빠져나갈 구멍을 찾는 법. 뭔가가 떠오른 마법사가 물었다.

"저희는 아직 접근 권한이 없는 비밀 부분이라 확신할 수 없습니다만, 루겐트 숲에 본 탑의 마법사들이 주둔하고 있다는 풍문을 들었습니다."

하겔드의 입술이 씰룩거렸다.

"누가 그런 소리를 했지?"

음산한 목소리에 마법사들은 손을 내저으며 부인했다.

"어… 어디까지나 풍문이란 말씀을 드렸습니다. 혹시라도 그곳에 누군가가 있다면 놈들을 제지할 수 있지 않을까 해서 여쭤보는 것입니다! 놈들이 발로인으로 가려면 분명 루겐트 숲을 통과할 수밖에 없을 테니까요!"

그의 이야기를 듣던 하겔드는 새로운 궐련 하나를 상자에서 꺼내어 입에 물었다. 성냥으로 불을 붙인 그는 깊게 연기를 빨았다가 내뱉었다.

"후우!"

잠시 정적이 흘렀다. 마법사들은 침을 꼴깍꼴깍 삼키며 하겔드의 눈치만 살피는 중이었다. 궐련이 반쯤 타들어갈 때쯤 하겔드가 손을 내저었다.

"생각할 시간이 좀 필요하군. 둘 다 나가 있게."

"예…. 예! 알겠습니다. 그럼 물러가겠습니다. 치프 하겔드!"

그들은 다시 분위기가 나빠질까 두려운 듯 서둘러 하겔드의 방을 빠져나갔다.

혼자 남은 하겔드는 의자에서 일어나 서가로 걸어갔다. 빽빽하게 꽂힌 책 중 하나를 꺼내니 그 뒤에 작은 책이 하나 더 숨어 있었다.

—스윽.

하겔드는 그것을 빼내어 자신의 자리로 돌아와 앉았다.

—차락!

"루겐트 숲이라. 마스터 굴라쉬인가?"

페이지수를 세어보며 책을 펼쳤다.

아무것도 쓰여 있지 않는 공책. 책상 위에 놓인 펜을 든 하겔드는 정성스러운 손길로 글을 한 자 한 자 써나가기 시작했다. 글자는 한 글자 한 글자 완성될 때마다 황금빛을 내며 사라지기 시작했다.

장문의 편지를 모두 쓴 하겔드는 한숨을 내쉬며 책을 덮었다.

"후우, 이거 마스터들에게 점수가 깎이겠군. 하지만 완전히 일을 그르치는 것보단 나아."

혼잣말을 중얼거린 하겔드는 남은 궐련이 타들어갈 때까지 그 자리에 앉아 있었다.

CHAPTER
54
라오

—똑… 똑… 똑…….

일정한 속도로 물방울 떨어지는 소리가 들려왔다. 조각배 하나 지나다닐 수 있을 크기의 수로. 어두컴컴한 그곳에 누군가 칼라탄 등을 들고 서 있었다.

"하아, 코볼로 이 녀석 또 늦는구나! 아무튼 어려서부터 약속 못 지키는 건 알아줘야 한다니까."

어두운 수로에서 울려 퍼지는 목소리. 바로 카일이었다.

그는 보채듯 칼라탄을 이리저리 들어 보이며 드레이크가의 하인인 코볼로를 기다리는 중이었다.

—촤악! 촤악!

멀리서 물살 가르는 소리가 메아리처럼 울렸다. 그리고 얼마 안 있어 불빛이 아른거렸는데, 그것을 본 카일이 신경질적으로 외쳤다.

"왜 이렇게 늦은 거야, 코볼로!"

카일의 예측이 맞은 듯 반대편에서 코볼로의 대답 소리가 들려왔다.

"도련님이시군요!"

"그럼 나밖에 더 있냐?"

"크리스 아가씨가 마중 나올 줄 알고 있었습니다요!"

코볼로의 이야기를 들은 카일이 나직한 한숨을 내쉬었다.

"헤유, 하긴 원래 크리스가 짐을 가지러 나오는 거였지. 그런데 매번 바쁘다면서 날 보내니 마치 내가 하인 같구만. 쳇!"

신세 한탄을 하고 있을 때 조각배가 그의 앞에 도착했다.

배에는 온갖 짐이 쌓여 있었는데, 헤케로스 교단 지하의 비밀작업실에 필요한 물건들이었다.

코볼로가 사람 좋은 웃음을 지으며 물었다.

"헤, 도련님 그동안 잘 지내셨습니까? 얼굴이 하얗게 변한 것 같네요. 흐흣!"

"당연하지. 벌써 몇 달째 해를 못보고 있잖아! 그보다 왜 이렇게 늦은 거야?"

카일의 물음에 코볼로는 자신의 품을 뒤적였다.

양쪽 품과 바지춤을 뒤적이던 코볼로는 결국 소매에서 뭔가를 찾았는지 씨익 웃으며 전해주었다.

"헤헷! 본가에서 막 출발을 하려고 하는데, 전서구가 날아와서 받아온다고 조금 늦었습니다요."

"전서구? 누구한테 온 건데 나한테 전해주는 거지?"

"헷! 둘째 도련님께서 보내온 겁니다."

카일의 얼굴이 순식간에 신경질적으로 변했다.

"작은 형님한테?! 또 무슨 잔소리를 하려고 전서구까지 보낸 거야?! 쳇! 버려 버릴까 보다."

편지를 수로에 버리려 하던 카일은 생각을 바꾸었는데, 예전 같은 철부지가 아니라고 스스로를 달랬기 때문이었다.

"그래, 아무 일 없이 전서구를 보내진 않았겠지."

편지를 펼쳐 보자 작은 글씨가 빽빽하게 적혀 있었다. 드레이크 상가에서 사용하는 암호문이었다.

"젠장! 암호문인데다가 글씨가 작아서 해독하기 더럽게 힘들잖아?"

그럼에도 오기가 생겼는지 찬찬히 해독하며 읽어 내려갔다. 처음에는 심드렁하게 읽어 내려가던 그의 표정이 점차 변하고 있었다.

"오! 루미트에 드디어 본물량의 미스릴이 도착했구나! 그걸 육로로 발로인까지 옮긴다고?"

잠시 읽는 것을 멈춘 카일의 얼굴이 어두워졌다.

"으음, 아무리 미운 형이지만 굉장히 위험할 텐데……. 하지만 바보가 아닌 이상에야 대책 없이 행동하진 않겠지."

카일은 계속해서 암호문을 해독했다. 그리고 두 줄쯤 더 읽어 내려가자 카일의 얼굴이 대변했다.

"뭐어! 이게 정말이야?! 코볼로! 넌 짐 좀 옮기고 있어! 난 가봐야 할 데가 있으니까!"

"왜… 왜 그러시는데요, 카일 도련님!"

"어쨌든 있다가 봐!"

그렇게 외친 카일은 전속력으로 어디론가 달리기 시작했다.

마나등이 밝혀진 복도를 달리고 몇 개의 코너를 돌았다.

그리고 '인스톨러 작업실' 이라고 쓰인 방문을 힘껏 열어젖히며 외쳤다.

"이자벨! 이자벨!"

작업실에 있던 십여 명의 사람이 놀라 문 쪽을 바라보았다.

다들 확대경을 쓰고 작업 중이었는데, 카일이 요란을 떨며 들어오자 모두들 깜짝 놀란 표정들이었다.

그중 가장 안쪽에서 작업 중이던 이자벨이 의아한 표정을 지으며 다가왔다.

그녀는 목에 걸린 작은 노트를 펼치며 글을 적었다.

—갑자기 무슨 일이에요? 마법진 안착 중에 갑자기 들어오면 실수를 한다고요.

노트를 눈앞에 들이댄 이자벨이 예쁜 이마를 찡그리며 화내는 시늉을 했다.

가쁜 숨을 고른 카일이 말했다.

"학학! 그게 중요한 게 아니야. 벨드, 벨드가 지금 루미트에서 이쪽으로 오고 있대. 닷새 후면 이곳에 도착한다고 연락이 왔어."

그의 말을 들은 이자벨이 잠시 멍해져 있었다. 다시 펜을 든 그녀가 바쁜 손길로 글을 적었다.

—지금 뭐라고 그랬죠? 다시 한 번 말해줘요.

"벨드가 지금 루미트에서 오고 있다고!"

이자벨의 눈가에 눈물이 고였다.

별다른 말도 없이 떠나버린 벨드를 지금까지 기다려 온 이자벨.

연락 한 번 없었다는 것이 대한 원망보다 안전하다는 소식이 더욱 반가웠다.

등 뒤에서 인스톨러들의 수근덕거리는 소리가 카일의 귀에 들려왔다.

"어머, 카일 수석이 이자벨 수석을 울렸어."

"응, 나도 들었어. 막 윽박지르는 것 같던걸?"

"크리스님께 괴롭힘 당하는 걸 이자벨 수석한테 푸는 걸 거야. 불쌍한 이자벨 수석."

오해가 난무하자 카일의 얼굴이 일그러지며 소리를 버럭 질렀다.

"내가 울린 게 아니야! 다들 일이나 하라고!"

이자벨이 눈물을 닦아내며 글을 적었다.

―고마워요. 좋은 소식을 전해줘서.

"아니야, 뭘! 이 소식을 다른 사람들한테도 전해야겠어. 그럼 수고해!"

카일은 신이 나서 크리스와 페이튼을 찾아 달리기 시작했다.

카일의 뒷모습을 보던 이자벨의 얼굴에는 한동안 보이지 않았던 눈부신 미소가 걸렸다.

남녀 인스톨러들은 할 일을 잊은 채 그녀의 얼굴에 넋을 빼앗기는 중이었다.

* * *

비가 추적추적 내리기 시작했다.

깊은 숲 속의 비 오는 날은 빗방울보다 냄새가 더 진하고 빠르게 느껴지는 법이었다.

습기를 듬뿍 머금으며 올라온 흙의 향기가 가득 차올랐다.

썩은 나뭇가지와 나뭇잎의 냄새가 절묘하게 섞여 단편적인 향의 지루함을 없앴다.

—타닥! 타닥!

돌로 둘러놓은 모닥불을 쬐는 두 사람. 마스터 굴라쉬와 그의 제자인 라오. 그들의 뒤로 10개 정도의 빈 천막이 줄지어 서 있었다.

이제 주인이 없는 빈 천막들이 그곳을 더욱 한적하게 만드는 중이었다.

조용한 분위기에 모닥불 타들어가는 소리만이 둘 사이에 맴돌았다.

한참을 그렇게 있던 라오의 인내심에 한계에 달했는지 먼저 말을 꺼냈다.

"지금 우리는 1,000마리의 둔켈과 이 숲에 있어요, 마스터. 오십여 명의 마법사가 모두 죽고 이제 둘만 남았죠. 그 다음은 뭐죠? 이쯤 되면 제게 말씀해 주셔도 된다고 생각하는데……."

답답함에서 나온 별 뜻 없는 넋두리였다. 굴라쉬로부터 대답을 들을 것이라고 생각지도 않았다. 하지만 어쩐 일인지 굴라쉬의 입으로부터 대답이 흘러나왔다.

"수도인 발로인 총공격."

의외로 술술 대답해 준 이야기를 잠시 생각해보던 라오가 갑자기 크게 놀라며 외쳤다.

"뭐… 뭐라고요?! 발로인을 총공격한다고요?!"

"들은 그대로다."

"가… 가만. 우리가 있는 동쪽뿐만 아니라 다른 마스터들이 있는 북쪽과 동쪽에서 총 3,000마리의 둔켈이 총공격을 한다는 말씀이세요? 에이, 아니겠죠? 농담이시죠?"

"사실이다."

라오의 눈동자가 풀렸다.

"마… 말도 안 돼. 대체 로드께서는 무슨 일을 꾸미고 계시는 것이죠? 대륙 전체를 지배하시려는 건가요?"

잠시 뜸을 들인 굴라쉬는 조심스러운 목소리로 대답했다.

"그분의 야망은 그렇게 세속적인 것이 아니다. 마법사들이 중심이 되는 세상 구현. 그저 룬아머러들에게 빼앗긴 마법사들의 지위를 되찾고 싶으셨던 것이다."

"전 단순히 룬아머러를 팔아 금을 모으기 위한 일환으로 알고 있었다고요! 그것도 찝찝한 판국이었는데, 지금 말씀대로라면 연방왕국 전체를 쑥대밭으로 만들겠다는 거잖아요!"

굴곡 없던 굴라쉬의 목소리가 조금 높아졌다.

"남부를 열어놓아 황실과 민간인의 퇴로를 확보한다. 룬아머러 길드들을 복구 불능 상태로 만들고 마법사들의 힘으로 모든 전황을 되돌려 황실로부터 마법사들의 권리를 되찾는 것이 원래의 계획."

"그럼 룬아머를 왜 만들어주는 것이죠? 그리고 그렇게 벌어들인 돈은요?"

"전후, 헤일런 연방왕국 복구에 모든 것을 쏟아부을 예정이었다."

라오의 눈동자가 빠르게 움직였다.

"황실이 현자의 탑에 완전히 의지할 수밖에 없는 그림을 그리려고 했던 것이군요."

"그랬었다."

라오가 굴라쉬를 바라보았다.

"그랬었다? 과거형이잖아요?"

굴라쉬의 하얀 눈이 라오를 바라보았다. 조용한 눈동자에서 알 수 없는 일렁임이 느껴졌다.

"로드께서 변하셨다. 이번 쿨린의 일로 확실해졌다."

"으음, 무슨 말씀이신가요."

"새벽의 땅에서 귀환하신 그분을 뵐 때마다 이상한 위화감을 느꼈다. 하지만 아무런 단서를 찾을 수 없었지."

"사람은 변할 수도……."

굴라쉬가 그녀의 말허리를 잘랐다.

"아니, 결코 변할 수 없는 부분이었다. 그것만은 내가 확신할 수 있다. 새벽의 땅에서 로드께 무슨 일이 일어났던 것이 틀림없다. 그리고 쿨린도 이해할 수 없는 부분이 많아."

"어떤?"

"녀석은 아무런 차단결계도 없이 둔켈들 사이를 돌아다닌다. 둔켈들은 그 녀석을 의식조차 하지 않는 듯했지."

"아! 맞아요! 저도 그게 너무 궁금했다고요."

굴라쉬가 신음성을 터뜨렸다.

"흐음, 쿨린을 중심으로 나조차 알 수 없는 일이 현자의 탑에서 벌어지고 있는 것 같다. 대재앙의 기운을 품은 불길한 느낌이 피부를 타고 느껴진다. 난 그것이 너무나 두려워 지난 며칠간 고심했다."

너무나 거대하고 충격적인 이야기였다.

복잡해진 머릿속을 정리하던 라오는 문득 드는 생각이 있었다.

"마스터, 오늘따라 너무 많은 이야기를 해주시는군요."

뭔가 눈치를 챈 라오를 향해 솔직히 말했다.

"네게 부탁이 있다."

라오는 갑자기 불안감이 엄습함을 느꼈다.

"부… 부탁이라니요? 갑자기 무슨……."

"조만간 로드께서는 원래의 계획에서 벗어난 무서운 일을 벌이실 것이다. 넌 이곳을 빠져나가 로드의 계획을 무산시킬 수 있는 단체를 찾거라. 그리고 대비케 해다오."

"네? 현자의 탑에 대항할 수 있는 단체를 찾으라고요? 난다 긴 다하는 룬아머러 길드들도 둔켈들에게 절절 기는 판국에 그런 단체가 있을 리가요! 그리고 그런 단체가 있다면 마스터께서 직접 찾아가시면 되잖아요!"

굴라쉬는 고독이 담긴 미소를 띄웠다.

"후훗, 난 그분의 존재 자체를 받들기로 맹약한 자. 그분이 누구든 난 그분을 거역할 수 없다. 목숨을 내놓으라 하신다고 해도."

"으음, 그런 단체가 보란듯이 활동하지도 않을 텐데……."

"신의 창날. 그것이 내가 가지고 있는 유일한 단서이다."

"신의 창날?"

"탑의 현자들이 이 대계(大計)를 세우는 데 유일하게 위협 요소가 되었던 단체이다. 확률이 극적으로 낮아 무시되었지만, 난 그들이 틀림없이 존재한다고 생각한다."

"다른 단서는 없나요?"

"없다. 이름 외에는 아무런 단서가 없었기에 계획의 변수에서 제외되었다."

둘 사이에서 침묵이 흘렀다.

그때 굴라쉬의 로브 안에서 노란 빛무리가 새어 나왔다.

굴라쉬가 천천히 품에 손을 넣어 손바닥만 한 작은 책을 꺼내었다.

빛을 발하는 페이지를 펼치자 하얀 종이에 금빛의 글자가 떠오르기 시작했다.

그것을 읽어 내려가던 굴라쉬가 몸을 일으켰다.

"루미트 지부의 치프 하겔드가 도움을 청해왔다. 드레이크 상가에서 미스릴을 입수하여 발로인으로 운송 중이라 하는군."

라오가 몸을 일으키며 물었다.

"그들로부터 미스릴을 빼앗으면 되는 건가요?"

생각에 잠겨 있던 굴라쉬가 몸을 일으켰다.

"나를 따라오거라. 일단 둔켈을 풀어 그들의 움직임을 포착한다."

"네, 알겠어요."

굴라쉬는 책을 다시금 품에 넣으며 땅속으로 스며들듯 사라졌다.

그리고 그가 움직인 방향을 감지한 라오 역시 가볍게 몸을 날리며 숲 속으로 사라졌다.

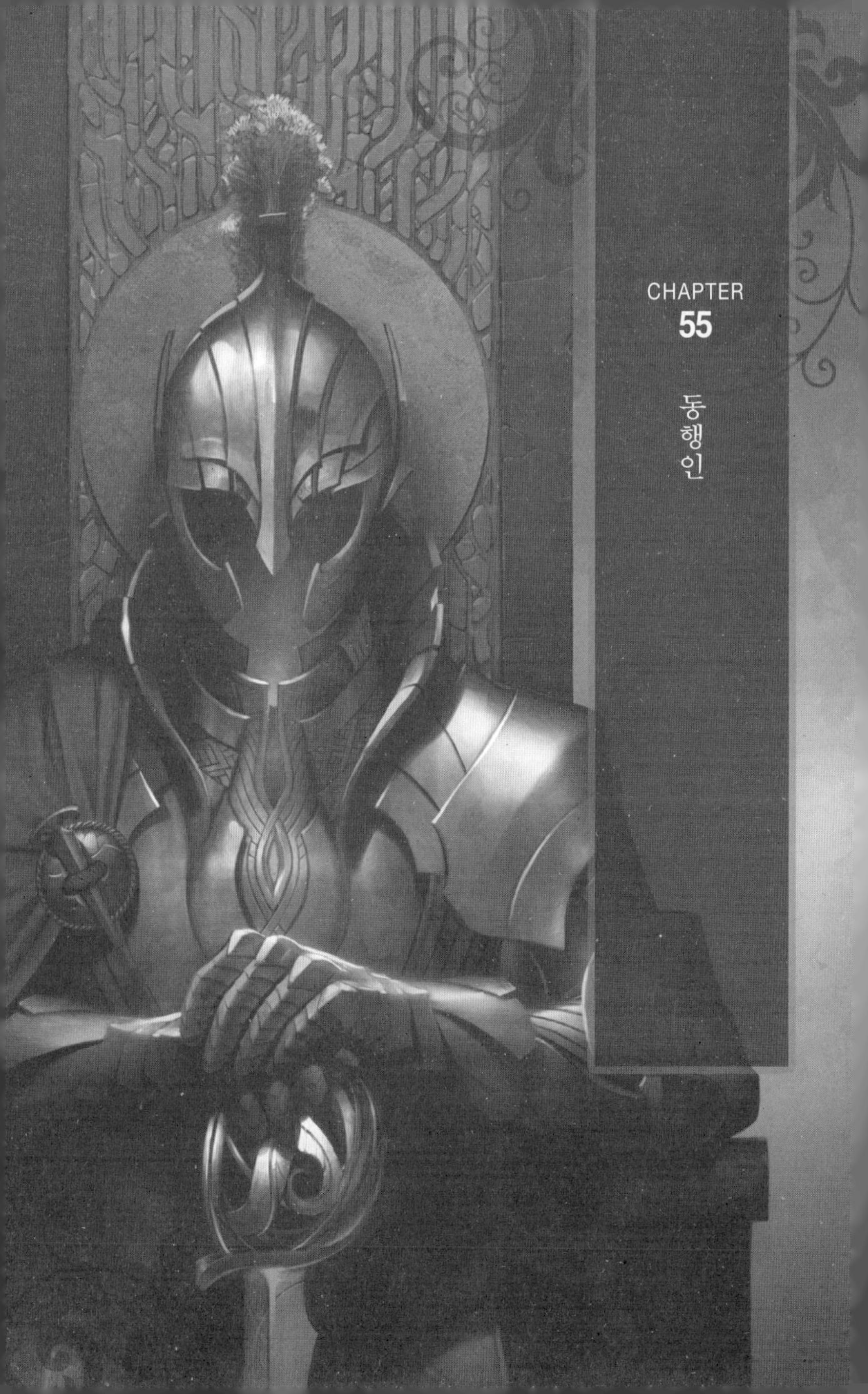
CHAPTER
55
동행인

Master of Fragments

이틀을 달린 벨드 일행은 루겐트 숲의 남부에 들어설 수 있었다.

운이 나쁘게도 부슬부슬 내리던 비는 제법 줄기가 강해져 길을 질척하게 만들었다.

그로 인해 속도를 더 낼 수 없었던 마차는 적정 속도를 유지하며 숲의 좁다란 길을 달리고 있었다.

—타가닥! 타가닥!

네 대의 마차가 달리는 소리가 요란했지만 빗소리에 숨어 흩어졌다.

차창을 때리는 시원한 빗줄기를 바라보던 벨드가 중얼거렸다.

"이거 생각보다 비가 많이 오는군요. 비가 둔켈을 피하는데 도움이 될지 장애가 될지 모르겠는걸요?"

그의 말에 고르골이 대답했다.

"양쪽 다일 것이다. 크릉! 비가 오는 날이면 후각과 청각이 비에 무뎌져서 우리를 감지하기 어려울 것이다. 하지만 만에 하나 우리가 발견된다면 속도를 내지 못하니 금방 사방에서 공격당하겠지."

캐넌이 놀랍다는 표정을 지었다.

"오! 자네 제법 냉철한 판단을 하잖아?"

"킁! 날 대체 뭐라고 생각한 건가?"

"뭐, 그 부분은 묻지 말게. 상처받을 수도 있으니까. 그보다 어디서 이상한 냄새 나지 않나?"

고르골이 킁킁거리며 냄새를 맡아보았지만 고개를 갸웃거릴 뿐이었다.

"글쎄, 후각이 가장 예민한 나도 잘 모르겠군. 무슨 냄새가 난단 말인가?"

크레인이 빤히 고르골을 바라보았다.

"왜 날 보지?"

고르골이 물어왔지만 크레인은 차창 밖을 바라보며 모른

척했는데, 당신의 몸에서 나는 비린내라고 말할 용기가 나지 않았던 것이었다.

같은 시간, 20여 마리의 둔켈이 비 오는 숲 속을 내달리고 있었다.

굴라쉬와 라오가 의도적으로 인기척을 내며 둔켈들을 유도하는 중이었다. 고난도의 감지 마법을 통해 벨드 일행의 움직임을 감지한 굴라쉬가 둔켈들을 이끌고 움직인 것이었다.

"크아앙!"

둔켈들은 일직선으로 벨드 일행을 향해 달리고 있었다.

마차 안에서 고르골의 냄새에 대한 실랑이가 벌어지는 것을 재미있게 구경하던 벨드가 그 자리에서 벌떡 일어나 차창 밖을 내다보았다.

"으음?"

그런 벨드를 보며 고르골이 물었다.

"킁! 갑자기 왜 그러나? 화장실이 너무 가고 싶은 건가? 하지만 이런 날씨에 내릴 수는 없어. 조금만 더 참게. 킁킁킁킁! 이번 유머는 정말 재미있지 않았나?"

고르골은 자기가 한 이야기가 재미있는지 배를 두들기며 웃고 있었다. 진지한 표정이 된 벨드가 마차 안의 일행을 둘러보며 말했다.

"여기로부터 대략 3켈리 떨어진 곳에서 20마리 정도의 둔켈이 움직이고 있어요."

고르골이 코를 킁킁거리며 냄새를 맡았지만 고개를 내저었다.

"킁킁킁! 3켈리라고? 난 전혀 모르겠군. 어디를 향해 움직이고 있지?"

"우리를 향해 일직선으로 달려오고 있는 중이에요."

일행의 안색이 대번에 변했다. 크레인이 다급하게 물었다.

"이렇게 비가 쏟아지는데 3켈리 밖에서 우리를 감지했다는 건가?! 마, 말도 안 되는 일이."

"하지만 사실입니다. 서로 마주 달리고 있는 중이라 순식간에 조우할 겁니다."

고르골이 자리를 박차고 일어났다. 마차 천장이 낮아 허리를 모두 펼 순 없었지만, 그에 개의치 않았다.

"믿고 말고 할 것 없어! 나타나면 쳐부수면 되는 거니까! 정면에서 온다고? 그럼 나가서 맞아주도록 하지! 무슨 능력인진 모르겠지만, 어쨌든 벨드 덕분에 대비할 수 있었으니 다행일세!"

그렇게 이야기 한 고르골이 달리는 마차 문을 열었다.

빗줄기가 들이쳤으나 아무도 그것에 개의치 않았다.

고르골은 지붕틀을 잡고 가볍게 몸을 날리며 지붕 위에 올라섰다.

벨드가 크레인을 향해 말했다.

"우리도 올라가도록 하죠."

"좋다."

캐넌을 바라본 벨드는 고개를 끄덕여 보이며 안심시켰다.

"마차 안에서 나오지 마세요. 그럼 다녀오겠습니다."

"조심하거라, 벨드."

"훗! 너무 걱정하실 것 없어요. 아주 대단한 녀석들은 아니니까요."

"자신감 넘치는 걸 보니 안심이 되는구나."

씨익 웃어 보인 벨드는 크레인과 함께 고르골의 뒤를 따라 마차의 지붕으로 올라갔다.

마차의 속도가 더해진 빗방울들이 순식간에 크레인과 고르골의 몸을 적시고 시야를 방해했다.

하지만 벨드는 조금 다른 모습이었는데, 몸에서 5셀리가량 떨어진 곳에서 물방울들이 튕겨 나가고 있었던 것이다.

그것을 본 크레인이 크게 놀라며 나직한 탄성을 터뜨렸다.

"베르난드, 강하다고 생각은 했지만 그 나이에 마에스터급의 마도력을 가지고 있는 것인가?"

그의 목소리를 충분히 들을 수 있었던 벨드였지만 일부러

답을 하지 않았다. 달리는 마차 위에 당당하게 서 있던 벨드가 중얼거렸다.

"앞으로 1켈리. 금방 모습을 드러낼 겁니다. 마차를 세우도록 하는 것이 어떨까요?"

고르골이 동의했다.

"킁! 둔켈 20마리라. 우리의 목적이 짐의 운송이니 그편이 마차와 화물을 보호하는 데 좋을 것 같군. 아무리 둔켈들을 물리쳐도 마차가 고장이 난다면 곤란하니까. 크릉!"

벨드는 수신호를 하여 달리는 마차를 모두 세웠다.

그리고 각 마차를 몰던 마부들을 진정시키며 캐넌과 함께 선두 마차에 태웠다.

벨드와 크레인은 선두 마차의 앞에 서서 룬아머를 소환했다. 그리고 고르골이 벨드에게 보여주기 위해 벼리고 있었던 야수족의 룬아머가 발동되었다.

"잘 보거라, 벨드! 크킁!"

고르골이 마도력을 끌어 올리며 두 주먹을 불끈 쥐자 그의 몸통을 감싸고 있던 금속 띠에 새겨진 문자들이 붉은빛을 발하기 시작했다.

―우우웅!

금속이 비명을 지르며 그 면적이 넓어지더니 고르골의 주요 장기를 방어하는 보호구 모양을 했다.

인간족이나 요정족처럼 전신을 보호하는 룬아머가 아니라는 점이 이색적이었다.

하지만 야수족 룬아머의 본격적인 효용은 지금부터였다.

고르골의 은빛 털이 곤두서기 시작하더니 전신의 근육들이 팽팽하게 부풀었다.

그렇지 않아도 둔켈과 맞먹을 만큼의 덩치를 자랑했던 그의 몸이 1.5배나 커진 것이었다.

그뿐만 아니라 이빨과 손톱, 발톱이 날카롭게 길어져 위협적인 무기로 사용될 만했다.

고르골이 손을 옆으로 뻗었다.

그러자 팔을 감고 있던 금속 띠가 길게 변형되더니 거대한 날을 가진 전투낫이 되었다.

고르골의 으르렁거림이 더욱 크게 울렸다.

"커엉! 어떠냐, 벨드! 멋지지 않으냐?"

벨드는 처음 보는 야수족의 룬아머를 호기심 어린 눈으로 살피는 중이었다.

"정말 놀라워요! 그 낫이 고르골 님의 무기인가요?"

"킁! 그렇다. 인간들이 말하는 사신의 낫이다."

"고르골 님께 딱 어울리는 무기인 것 같아요."

벨드의 칭찬에 기분이 좋아진 고르골은 허공을 향해 야수족의 울음을 터뜨렸다.

"크아아아아앙!"

둔켈의 울음소리를 압도하는 크기였다.

전투에 돌입하기 전 사기를 올리기 위한 울음이었다.

그 소리를 들은 벨드와 크레인은 왠지 모르게 가슴이 뜨거워짐을 느꼈다.

벨드는 샤브레를, 크레인은 검과 방패를 꺼내 들었다.

정면을 응시하던 벨드가 외쳤다.

"이제 둔켈이 시야에 잡힐 겁니다."

그의 말과 동시에 나무와 수풀을 헤치며 십여 개의 그림자가 뛰어올랐다.

"크아앙!"

"카아앙!"

붉은 눈동자를 번들거리며 달려오는 둔켈들이 긴 손톱을 빼어 들었다. 그 모습을 본 고르골이 호기롭게 외쳤다.

"선두는 내가 맡으마! 늦었다가는 둔켈 한번 못 만져 보고 전투가 끝날 수 있다! 크아앙!"

그렇게 이야기한 고르골이 전투낫을 휘두르며 앞으로 뛰어 나갔다. 그의 거대한 발이 젖은 땅에 깊은 족적을 남겼다.

—쿵! 쿵! 쿵!

순식간에 둔켈의 눈앞까지 달려간 고르골은 힘껏 전투날을 횡으로 휘둘렀다.

—부웅!

뛰어올라 피하려던 둔켈의 움직임이 한발 늦었다.

—서걱!

거대한 전투낫의 날에 둔켈은 허리가 그대로 반으로 잘려 나뒹굴었다.

뒤이어 오던 둔켈 한 마리가 고르골을 발견하곤 덤벼들었다. 전투낫을 휘두르기에는 너무 가까운 거리. 전투낫을 금속 띠 모양으로 회수한 고르골이 손톱을 세우더니 달려오는 둔켈의 가슴팍에 박아 넣었다.

그리고 날카로운 이빨로 둔켈의 목 부위를 물어뜯었는데, 단 한 입에 둔켈의 목이 반이나 사라져 있었다.

한발 떨어진 고르골이 두툼한 살점을 내뱉자 둔켈이 소멸되었다. 검은 피가 고르골의 입가를 타고 흘렀다.

두 마리의 둔켈을 손쉽게 해치운 고르골이 자신의 무위에 도취되어 고함을 질렀다.

"카아아앙! 덤벼라, 더러운 것들!"

공포를 모르는 둔켈들이었지만, 본능적으로 몰려오는 속도를 늦추었다. 그 틈을 놓치지 않은 고르골은 다시금 전투낫을 소환하여 둔켈 사이를 종횡무진 헤집고 다녔다.

전투가 벌어지는 곳으로부터 제법 떨어진 높은 나무 위.

굴라쉬와 라오가 전투 장면을 내려다보고 있었다.

라오는 난생처음 보는 야수족의 모습에서 눈을 떼지 못하는 중이었다.

"저 야수족, 정말 강하군요? 저쪽이 둔켈이라고 해도 믿겠어요."

굴라쉬가 대답했다.

"야수족의 룬아머에 안착된 주술은 대단하지. 인간족의 그것처럼 부수적인 무기의 개념이 아니다. 야수족 몸을 전투에 적합하게 만들어주는 장치라 할 수 있지. 그렇지 않아도 대단한 야수족의 근력과 반응 능력을 수배에서 수십 배나 향상시켜 주지. 게다가 정신에도 영향을 끼쳐 전투에 들어서면 누구도 말릴 수 없는 포악한 성격이 되어버리지."

"그래서 둔켈을 힘과 속도로 압도해 버리는군요."

"아마 이 정도 둔켈들로는 저들을 막아내기 힘들 것이다. 최소한 엑스터급은 되어야 저 야수족 룬아머러와 자웅을 겨룰 수 있을 듯하구나. 생각보다 수준 높은 파티로군."

"그럼 역시 저 야수족이 리더인가 보군요."

굴라쉬는 고개를 저었다.

"아니, 저 반대쪽을 보거라."

"방패를 든 쪽 말인가요?"

"아니, 그 옆의 검은 룬아머러. 그가 이중에 리더인 듯하다."

"왜죠?"

"글쎄, 그런 느낌이 드는구나. 한번 살펴보면 알겠지."

그들이 지켜보고 있다는 사실을 아는지 모르는지 벨드는 눈앞의 전투에 집중하고 있었다.

하얀 샤브레의 검신으로 푸른 기운이 둘러졌다.

벨드가 한 발 내밀 때 샤브레 역시 한 번 휘둘러졌다.

—슈욱!

그때마다 둔켈이 한 마리씩 허공에 흩어졌다.

샤브레의 움직이는 방향이 제대로 보이지 않았다. 그저 휘둘러진다고 느껴질 뿐이었지만, 그것만으로 둔켈의 내핵은 정확하게 파괴되었다.

고르골처럼 화려하고 시끄럽진 않았지만, 가장 적은 움직임으로 가장 빠르게 둔켈을 소멸시키고 있었다.

숨 막히는 얼굴로 벨드의 움직임을 관찰하던 라오는 다섯 마리의 둔켈이 소멸하고 나서야 겨우 탄성을 터뜨릴 수 있었다.

"이… 인간이 아니야. 어떻게 저럴 수 있죠? 저 둔켈들을 장난감 다루듯 베어 넘기고 있어요."

"그뿐만 아니다. 그 룬아머러의 발자국을 잘 보거라."

굴라쉬가 시키는 대로 벨드의 발자국을 좇았다.

비가 내려 질퍽해진 땅이었지만, 놀랍게도 그의 발자국은 전혀 남지 않았다.

"루… 룬아머를 걸치고 어떻게……."

라오의 고향인 괄란에도 그와 비슷한 경지의 무예가 있었다.

초상비(艸上飛) 또는 답설무흔(踏雪無痕)등이 그것이었다.

하지만 저 엄청난 무게의 룬아머를 걸치고 그와 같은 경지의 움직임을 보인다는 것이 믿겨지지 않았던 것이었다.

몇 마디의 탄성을 내뱉는 짧은 시간 동안 20마리의 둔켈은 모조리 소멸되어 있었다.

고르골은 입가의 검은 피를 혀로 날름거리며 벨드를 향해 걸어왔다.

"쿵! 너 대단하군! 조용조용 하길래 나약한 룬아머러인 줄 알았건만 엄청나게 강하잖아?! 내가 알고 있는 인간 룬아머러들과는 차원이 다르군! 너 마음에 들었다!"

"고르골 님이야말로 박력이 넘치더군요. 둔켈이 겁먹는 모습은 난생처음 봤으니까요."

"커엉! 그랬단 말이냐? 쿵쿵쿵!"

참 칭찬에 약한 모습이었다.

둘의 대화를 듣던 크레인은 자괴감에 빠져들고 있었다.

그 역시 클래이급 2마리와 마이텐급 1마리를 소멸시켰다.

평소라면 대단한 전과라 생각했겠건만 벨드와 고르골의

무위를 보고 있자니 자신이 한없이 초라하게 느껴졌던 것이었다.

"말도 안 돼. 무사히 전투를 마쳤지만 허무한 기분은 처음이군. 이제 끝난 건가?"

크레인이 룬아머를 해제하려 하자 벨드가 만류했다.

"잠시 기다리세요. 아직 끝난 건 아닌 것 같으니까요."

그렇게 이야기한 벨드가 저 먼 곳을 바라보았다. 약 200멜리나 떨어진 곳의 나무 위를 직시했는데, 바로 굴라쉬와 라오가 있는 나무 위였다.

벨드는 손바닥을 들어 올렸다. 빗방울이 손바닥에 고이는가 싶더니 그대로 얼어붙으며 팔뚝만 한 말뚝 모양이 되었다.

—쩌적!

벨드는 그것을 가볍게 던졌다.

—피융!

바람 가르는 소리를 내며 맹렬하게 날아간 말뚝은 굴라쉬와 라오 사이의 나무 기둥에 박혀들었다.

—퍼벅!

벨드의 갑작스러운 공격에 라오가 크게 당황하며 외쳤다.

"마… 마스터! 저자가 우리를 발견했나 봐요! 차단결계를 펼치고 있었는데, 어떻게 우리의 존재를 알 수 있는 거죠? 둔켈들을 더 몰고 와야 할까요?"

굴라쉬는 고개를 내저었다.

"아니, 내가 찾던 자를 만난 것 같군. 저들에게 인사를 하러가자."

"네? 인사를 하러 간다고요?"

하얀 이빨을 드러내며 기분 좋은 웃음을 비친 굴라쉬가 아래로 몸을 던지더니 땅으로 스며들며 사라졌다.

라오는 그의 행동을 이해할 수 없었지만 따라갈 수밖에 없었다.

벨드는 자신들을 향해 다가오는 자를 조용히 기다렸다.

얼마 지나지 않아 땅속으로부터 검은 피부를 가진 남성이 솟아올라 왔다.

그 모습을 본 고르골이 깜짝 놀라며 외쳤다.

"컹! 이건 뭔가? 땅에서 시꺼먼 녀석이 갑자기 솟아났다고! 이것도 둔켈인가?!"

고르골의 말에 굴라쉬의 뒤를 따르던 라오가 땅에 내려서며 외쳤다.

"마스터는 둔켈 따위가 아니라고요!"

"으응? 또 좀 다르게 생긴 인간 여자가 나타났군. 인간들은 참 이상하게 생겼다니까. 크릉! 뭐, 그런 게 중요한 것은 아니지. 적인가 아닌가가 중요할 뿐."

고르골이 전투낫을 좌우로 돌리며 말하자 굴라쉬가 양손을 들어 올렸다.

"여러분과 싸울 생각은 없소."

그의 모습을 살피던 벨드가 투구를 해제했다. 검은 머리카락이 흘러내리며 그의 얼굴이 드러났다. 벨드의 얼굴을 본 굴라쉬의 하얀 눈동자가 크게 떨렸다.

"이렇게 젊은 자일 줄이야……."

그런 반응에 신경 쓰지 않은 벨드가 넌지시 물었다.

"그럼 무슨 의도로 둔켈들을 이끌고 나타나셨습니까? 귀하께서는 현자의 탑 마법사가 아닙니까?"

벨드의 이야기를 듣던 크레인과 고르골이 적지 않게 놀랐지만, 끼어들 분위기가 아니었기에 잠자코 있었다.

굴라쉬가 담담한 목소리로 대답했다.

"우리가 둔켈을 이끌고 온 것도 눈치챘단 말인가?"

벨드는 고개를 끄덕여 긍정했다.

"놀랍군. 하나만 더 물어봐도 되나?"

"대답할 수 있는 것이라면……."

"얼마 전 루겐트 숲에서 결빙계 공격마법을 사용하여 40마리가량의 둔켈을 소멸시킨 것이 자네인가?"

크레인과 고르골 역시 모르는 일이었기에 귀를 모아 벨드의 대답을 기다렸다.

잠시 둘을 바라보던 벨드는 이번에도 고개를 끄덕였다.

굴라쉬의 얼굴에 묘한 희열이 떠올랐다.

"역시! 자네였군. 이제 내 소개를 하도록 하지. 난 현자의 탑 4명의 마스터 중 한 명인 굴라쉬 엄벤토라고 하네. 이곳 루미트 숲에서 둔켈들을 소환하여 루미트를 침공하는 일을 맡고 있지."

역시 처음 듣는 이야기에 크레인이 자신의 귀를 의심했다.

"뭐… 뭐라고! 현자의 탑에서 둔켈들을 소환해서 루미트로 침공시켰다고?!"

그뿐만 아니라 고르골 역시 날카로운 이빨을 드러내며 강렬한 적의를 드러내기 시작했다.

"크릉! 이건 무슨 이야긴가! 그럼 이 혼란의 배경에 현자의 탑이 있다는 것인가! 크아앙!"

크레인과 고르골의 외침에도 꿈쩍하지 않은 굴라쉬는 벨드의 얼굴만을 뚫어지게 바라보는 중이었다. 그리고 벨드의 얼굴에 어떠한 놀라움도 떠오르지 않음을 발견했다.

"역시, 자네는 그러한 사실을 알고 있었군."

벨드는 부인하지 않았다.

"그렇습니다."

짙은 미소를 지은 굴라쉬는 한 발 앞으로 다가가 나직한 목소리로 말했다.

"헤케로스 신께서 날 도와주시는 것 같군."

"마법사들도 신을 믿습니까?"

"뭐, 상황에 따라서는……. 잠시 나와 단둘이 이야기를 할 수 있겠나?"

검을 빼 든 크레인이 만류했다.

"놈의 속셈을 알 수 없으니 조심하거라! 마법사란 음흉한 자들이니까!"

그의 말에 라오가 빼액 소리를 질렀다.

"그것도 사람 나름이라고요! 마스터 굴라쉬는 절대 그런 마법사가 아니에요! 알지도 못하면서!"

벨드가 라오를 보며 가볍게 웃었다. 그녀를 보니 굴라쉬가 악한 마법사가 아님을 알 수 있었던 것이다.

"참 재미있는 수하를 두셨군요."

"수하라기 보단 제자에 가깝다고 할 수 있지."

"그럼 이야기를 들어보도록 하죠."

크레인과 고르골을 안심시킨 벨드는 굴라쉬와 함께 그로부터 얼마 떨어지지 않은 곳으로 걸어갔다.

주변을 살펴본 벨드가 자연스럽게 마도력을 끌어 올려 주변의 공기를 차단시켰다.

소리가 새어 나가는 것은 물론 떨어지는 빗물도 튕겨나갔다.

"이제 편하게 말씀하시죠."

잠시 뜸을 들이던 굴라쉬가 물었다.

"솔직히 대답해 주게. 자네는 가즈어머러인가?"

"왜 그렇게 생각하시죠?"

"그 나이에 그 엄청난 무위와 마도력은 가즈아머러가 아니면 설명할 수가 없다고 생각되네."

벨드는 솔직히 대답했다.

"이렇게까지 조심스럽게 물어보시는 것을 보니 뭔가 사정이 있나 보군요. 좋습니다. 인정하죠. 저는 가즈아머러입니다."

"역시 내 생각이 맞군."

"마스터 굴라쉬께서 제게 원하는 것이 뭐죠?"

그는 조금 떨어진 곳에서 불안한 눈빛으로 자신을 바라보고 있는 라오를 보며 말했다.

"저 아이, 라오를 신의 창날에게 데려다주게."

이번에는 벨드가 진심으로 놀랐다. 설마 현자의 탑 마스터의 입에서 신의 창날 이야기가 나오리라곤 상상조차 못했기 때문이었다.

"신의 창날을 어떻게 알고 있는 것이죠?"

"잘 안다고는 할 수 없네. 현자의 탑에서 몇 번 거론된 이름을 들었을 뿐이니까. 그리고 그들 역시 그런 단체가 있다는 것을 부정하고 있는 상황이네."

"흠… 왜 저 아가씨를 신의 창날에 데려가야 합니까?"

"라오가 알고 있는 지식이 장차 현자의 탑으로부터 헤일런 연방제국을, 아니, 이 대륙의 유사인종들을 구하는 데 큰 도움이 될 걸세."

"무슨 말씀이시죠?"

"시간이 없네. 자세한 이야기는 라오에게 직접 듣도록 하게. 그럼 허락한 것으로 알겠네."

그렇게 일방적으로 이야기를 끝낸 굴라쉬의 몸이 땅속으로 스며들었다.

"저 아이는 현자의 탑에 몸담고 있긴 하지만 괄란 출신의 순박하고 착한 녀석이지. 신의 창날에 닿을 때까지 잘 부탁하네."

지금의 벨드라면 사라지는 굴라쉬를 잡을 수도 있었지만 그럴 필요를 느끼지 못했다.

굴라쉬가 사라지는 모습을 본 라오가 달려왔다.

"마스터! 아니 스승님! 절 두고 어디로 가시는 거예요!"

그녀가 마도력을 끌어 올리며 몸을 날리려 할 때 벨드가 그녀의 팔을 잡았다.

"마스터 굴라쉬가 당신을 부탁했어요. '그곳'으로 당신을 안내해 주라고……."

"네? 그럼 당신이 그 신의……."

벨드가 그녀의 입을 가로막아 말을 끊었다.

"쉿! 그 이야기는 저희 일행도 모릅니다. 그러니 말을 조심해 주세요."

"아… 알겠어요."

"그럼 어떻게 하겠습니까? 마스터 굴라쉬를 따라 돌아가겠습니까? 아니면 그의 뜻을 따라 저와 함께 발로인으로 가시겠습니까?"

라오의 얼굴에 갈등이 스몄다. 그녀는 결심을 한 듯 입술을 깨물며 말했다.

"발로인으로 가겠어요. 마스터의 뜻이니까."

"좋아요. 그럼 저는 일행들에게 대충 둘러대도록 하죠."

벨드는 라오를 데리고 일행들에게 다가갔다.

전투의 끝을 알리듯 무장을 완전히 해제해 보였다.

"기다리셨군요."

크레인이 라오를 바라보며 물었다.

"그 여자는 왜 데리고 오는 것인가?"

벨드가 머리를 긁적이며 대답했다.

"어쩌다 보니 이분을 발로인까지 데려다주기로 했어요."

"뭐라고? 그게 무슨 뜬금없는 소린가?"

벨드는 진지한 얼굴을 하며 말했다.

"조금 전 현자의 탑과 관련된 놀라운 사실을 들으셨을 겁니다. 저는 그전부터 그에 대해 알고 있었고, 이번에 짐을 가지고 발로인으로 가는 것 역시 그 일과 관련이 있는 것이죠. 하지만 제가 말씀드릴 수 있는 사실은 거기까지입니다. 때가 될 때까지 함부로 발설할 수 없는 비밀이라는 점 이해해 주셨으면 좋겠어요."

벨드가 이렇게까지 정색을 하며 비밀을 발설하기를 거부하자 크레인은 고르골을 바라보았다.

"자네도 뭐라고 말 좀 해보게."

어느새 원래의 몸집으로 돌아와 있는 고르골은 젖은 털을 털어내며 말했다.

"난 더 이상 알고 싶지 않네. 모략 따위는 듣는 것만으로 골치가 아프니까. 크릉!"

결국 크레인 역시 포기할 수밖에 없었다.

마차로 다가온 벨드는 마차에서 내리는 캐넌을 보았다.

그는 주변을 둘러보며 휘파람을 불었다.

"휘유! 벌써 전투가 끝난 것 같군. 설마 했는데, 사상자 한 명 없이 20마리의 둔켈을 소멸시키다니 정말 대단한걸?"

그렇게 이야기하던 캐넌은 벨드의 옆에 서 있는 낯선 라오를 발견했다.

"응? 벨드, 이 여성분은 누구시지?"

"아, 설명하자면 이야기가 길어요. 일단 마차를 수습하고 이동하면서 이야기하시죠. 또 다시 둔켈들이 덤벼올지도 모르니까요."

"아… 그래, 알겠다."

마부들은 자신의 마차로 돌아가 묶어놓은 말고삐를 풀었고, 네 대의 마차는 다시금 줄지어 움직이기 시작했다.

결국 숲 속의 전투는 그렇게 종료되었고, 벨드 일행은 라오라는 동행을 갖게 되었다.

『조각의 주인』 5권에 계속…

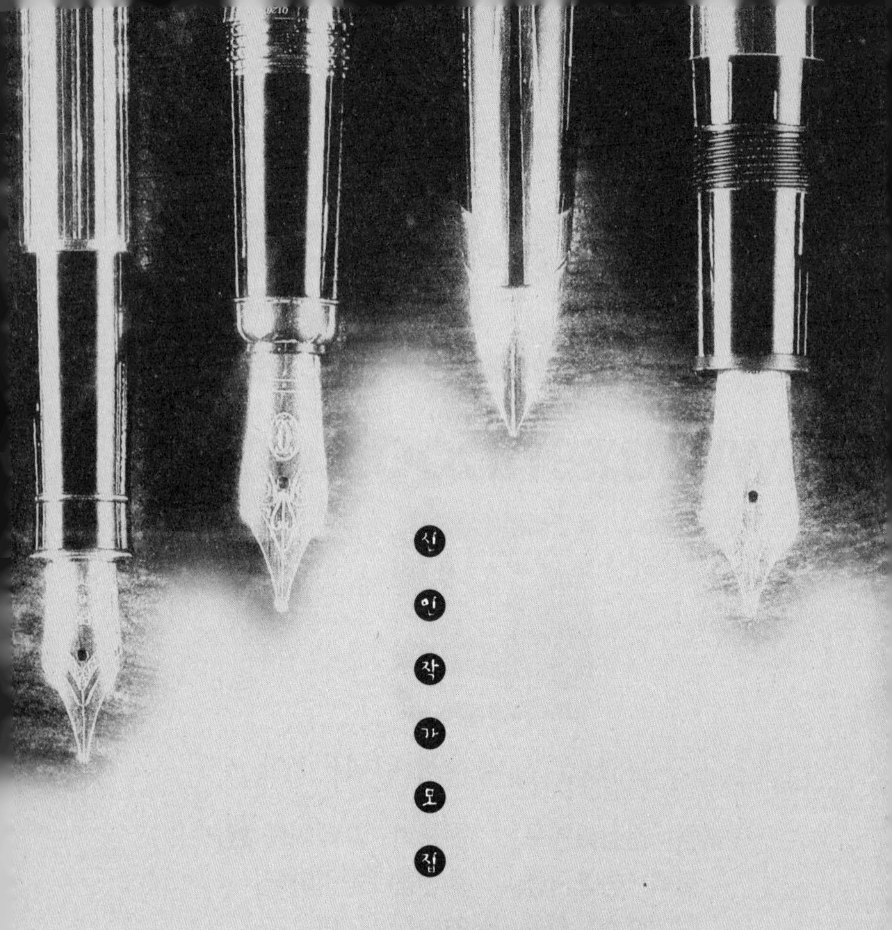
신
인
작
가
모
집

Return of the Mercenary
FANTASY FRONTIER SPIRIT
용병귀환
유왕 판타지 장편 소설
용병귀환 1
용병귀환 2